Ai miei genitori
Ad Ilya e alla sua incantevole Malta
A Mariele per aver detto quelle parole
A mia nonna che rimarrà per sempre nel mio cuore

Davide Attinà

La ballerina sugli scogli

SECONDA EDIZIONE

La ballerina sugli scogli
Davide Attinà
Pubblicato per la prima volta nel 2016
Foto di Copertina di Davide Attinà
Codice ISBN: 9781709815829

LE VICENDE NARRATE SI ISPIRANO A FATTI REALMENTE
ACCADUTI

I NOMI SONO STATI CAMBIATI O OMESSI

IL CONTENUTO DELLE TELEFONATE È AUTENTICO

La ballerina sugli scogli

1
IL CALL CENTER

–So che potrebbe non piacerti, è un lavoro più per donne che per uomini, come vedi l'ambiente parla da sé– stira le labbra su un sorriso tanto fuori luogo quanto l'arredamento che ci circonda.

Sono seduto di fronte ad una donna di mezza età, corpulenta, un pachiderma dall'aria caparbia e severa, all'interno della sala formazione di un call center che... Ora che ci penso mi ha parlato per dieci minuti di quanto sia seria questa azienda, di quanto sia puntuale nei pagamenti, ma non mi ha ancora detto nulla di concreto. Neppure nella candidatura che ho compilato *online* c'era scritto cosa facessero veramente qui.

–Consultazioni gratuite coi tarocchi, perlopiù.

–Credevo vendeste qualcosa...– e credevo mi avessero voluto incontrare per via della mia pur breve esperienza come assicuratore–spaccia polizze–venditore porta a porta.

–Infatti. Durante una decina di minuti in cui facciamo la lettura delle carte o degli astri o dei numeri, proponiamo al cliente l'acquisto di una consulenza con uno specialista. È in questo che consiste la vendita.– concisa, criptica, chi vuol capire capisca, di nuovo quel suo sorriso...

La mia mano passa sotto il mento con un movimento lento, involontario, me ne accorgo nello stesso istante in cui se ne accorge lei. I suoi occhi si assottigliano tradendo un'attenzione maniacale ad ogni minimo gesto, sta costantemente in guardia, come se dovesse proteggere se stessa e l'azienda da qualunque nemico, esterno o interno... il suo territorio è inviolabile.

–Ho capito.– non molto a dire il vero ma la puzza di truffa che avevo fiutato oltrepassata la soglia, adesso si è fatta più intensa.

–Se non ti piace possiamo interrompere l'intervista qui.– pensa di avermi decifrato, oppure mi sta mettendo alla prova... Che volete che importi, ho bisogno di soldi ed è l'unico posto da cui ho avuto risposta.

–Mi piace, mi piace... sono pronto ad iniziare anche subito.– stavolta sorrido io, non troppo, non troppo a lungo, quanto basta insomma per apparire convinto di quello che ho appena detto.

–Facciamo così– il suo labbro tra i denti –assisti ad una telefonata e, se il lavoro ti interessa davvero, ti tengo in considerazione per il posto vacante.

Annuisco, lei si alza, mi fa cenno di seguirla, sono il suo cucciolo addomesticato.

Una donna visibilmente emozionata sta salutando altre donne che in modo distratto ricambiano sollevando di poco il mento, intente a parlare con i clienti, immerse nelle loro mansioni. Ci passa accanto con passo deciso, una riverenza forzata all'elefantessa, un'occhiataccia a me, poi sparisce richiudendosi alle spalle il portone blindato da cui ero entrato.

–Qui bisogna vendere...– il suo commento che suona più come un avvertimento.

Sfrangiamo tra un paio di file di cabine di vetro, circa una decina per fila, cabine che si intravedono anche negli altri settori di questo *open space*. Non riesco a contarle.

L'operatrice che ci accoglie sorridendo nel suo gabbiotto è già all'opera.

Il pachiderma mi abbandona qui, dove nel giro di poco vengo sommerso da una miriade di stronzate alle quali stento a credere.

–Gioia mia, non piangere, sono sicura che tutto si risolverà per il meglio. Adesso consulto le carte e poi ti dico cosa sta succedendo a tuo marito, ma non piangere, *va bene*?– la tipa sorride e armeggia con l'unico foglio di carta sulla sua scrivania –Allora, dammi per favore data e ora di nascita, tua e di tuo marito, in modo che i tarocchi possano identificarvi, *va bene*?– di nuovo con quel foglio, lo accartoccia poi lo stira, infine preme un tasto sul telefono e sul display compare la scritta "MICROFONO NO". Si volta verso di me, frettolosa si sfila le cuffie e tende la mano per presentarsi.

Ha una fede al dito, un bel viso, occhi azzurri e penetranti, ma il suo sguardo è triste. Si chiama Elena, anche se un attimo prima, al telefono, aveva dato un nome diverso. Forse ricordo male.

–Primo giorno?– non aspetta il mio sì, non ha molto tempo da dedicarmi –Non ti preoccupare, qui ci si abitua presto al ritmo e... al resto. Il lavoro è semplice e complicato allo stesso tempo, ma si guadagna più che da altre parti.

Preme il tasto di prima.

MICROFONO SÌ.

–Dunque le carte sono positive, hai visto Carmela? Tuo marito ti ama ancora, non c'è nessuna amante, *va bene*? Se sembra distante è perché sta subendo l'influenza negativa di un'altra persona che lo sta soggiogando, qualcuno che forse ce l'ha con te... ti viene in mente qualcuno?– mi chino di lato per vedere dove nasconde questi benedetti tarocchi, ma niente.

Ancora dall'altra parte ci deve essere stata un'affermazione, l'operatrice sorride compiaciuta –Hai visto,

9

Carmela? Le carte non si sbagliano mai– ma quali cazzo di carte?! –se vuoi mettere fine a questa situazione il mio consiglio è quello di rivolgerti al più presto ad una veggente mediatica. Sai cos'è?

Questa volta Carmela avrà risposto di no –Ti spiego, una veggente mediatica è una persona in grado di individuare chi fa del male alla brava gente. Tu ne conosci qualcuna dalle tue parti?

Ancora un *no*, sicuramente –Sei fortunata Carmela, io conosco una professionista seria, se sei interessata ti dico subito che con la mia raccomandazione posso farti avere uno sconto di tariffa e oggi stesso saprai chi si sta intromettendo nel rapporto con tuo marito, *va bene*?

Si porta una mano alla bocca per smorzare l'esultanza, indica le tariffe e poi inoltra la chiamata all'operatrice di fronte che alza i pollici non appena la riceve. "E quella sarebbe una veggente mediatica?"

Ma che cazzo di posto è questo?! Sono sicuro che tutti qui dentro se lo siano chiesto almeno una volta.

E come loro, adesso sto facendo finta di nulla.

2
LA BALLERINA

Seconda domenica di luglio, io e lei, lei ed io, il suo ragazzo e un'amica di lei che non conoscevo.

Culo ok, cosce sode, tette scarse, viso ok, simpatia sotto la media.

Occhi verdi.

Parliamo delle solite–inutili–noiose stronzate, prendiamo il sole, poi di nuovo Giulia, la fisso intensamente, il suo ragazzo non sospetta niente, siamo stati bravi, anche se a volte non è facile tenere a bada gli istinti che riaffiorano con uno sguardo di troppo, una parola di troppo, un'erezione improvvisa...

–Dai vieni a fare due tuffi.– l'invito dell'ignaro Michele, mentre rimango a pancia sotto, facendo un cenno di assenso "tra un attimo sarò lì con voi", sforzandomi di non pensare a Giulia mentre la sera prima mi faceva venire come Cristo comanda. E adesso mi ritrovo in compagnia di questo manichino dalla silhouette impeccabile, che non apre bocca, che mi fissa in attesa che io prenda l'iniziativa, che forse mi sorride, che mi precede, che... Ma guarda che razza di incosciente!

Punta senza timore alcuno la fascia di scogli scivolosi, spugnosi... spaventosamente taglienti, che separa la sabbia dall'acqua. Sale sul primo con un balzo, a piedi nudi, senza quelle scarpe di gomma alle quali pare abbiano tagliato le pinne e che qui sono indispensabili. Tutti le usano. Tutti tranne lei, il manichino, Sophia, che con grazia ed equilibrio passa da uno scoglio all'altro, distendendo le anche, spostando via via il peso del corpo da un piede all'altro, ondeggiando come un camaleonte, arrampicandosi fino a quando può prendere lo slancio e con un balzo scomparire nel blu, lasciandosi dietro qualche schizzo spumoso e cerchi concentrici che mi raggiungono lenti.

"Neppure un graffio... Come ha fatto?"

In acqua, sospesi e liberi dalla gravità, coi pesci che ci restituiscono lo sguardo di tanto in tanto, le alghe che ci solleticano i piedi, i raggi del sole tra mille riflessi... Una decina di minuti più tardi e la magia di questo incanto si è già esaurita...

Giulia e il suo culo davanti a me. Il suo ragazzo l'abbraccia e la sorregge fino ad attraversare la barriera rocciosa.

Io e Sophia siamo gli ultimi.

La precedo di qualche passo, mi volto e le offro un sostegno stendendo la mano verso di lei –Ti presto le scarpe.– non risponde, è seria, così concentrata che quella ciocca di capelli incollata tra gli occhi non le dà alcun fastidio. Si passa la lingua sulle labbra salate, altalena le braccia assumendo pose aggraziate, preserva la dignità di *homo sapiens–sapiens* laddove chiunque altro sarebbe involuto allo stadio di primate.

È già di fianco a me, con i suoi piedi nudi, senza paura, senza incertezza, con il suo armonioso modo di mettere le gambe una davanti all'altra. Pare aver perso l'equilibrio, invece è solo l'ennesimo slancio verso il nuovo punto d'appoggio... Non si limita a camminare o saltare o reggersi in piedi... per lei muoversi non è semplicemente spostarsi da qui a lì, è decisamente qualcosa di più.

–Dammi la mano, senza scarpe ti disintegri i piedi...

–Sono una ballerina, i miei piedi hanno sopportato di peggio.– e questo spiega la sua agilità.

–Ho capito, ma proprio perché sei una ballerina dovresti avere maggior cura del tuo corpo.– appena smetto di parlare si ferma, piroetta sullo scoglio apre i suoi occhi verdi e mi fissa senza battere ciglio.

–Non lo sai?

–Cosa?

–Noi ballerine siamo un po' masochiste, abbiamo la tendenza a farci del male.

"Che diavolo è questa sensazione? Pietrificato da una ragazzina..."

Non è quello che dice, ma la convinzione con cui annichilisce sul nascere ogni eventuale tentativo di farla desistere dai suoi propositi autolesionistici.

–Ok, ma nel tuo caso le gambe sono anche i ferri del mestiere ... non hai paura di...– i suoi occhi verdi mi trafiggono di nuovo.

–E questo che vorrebbe dire!? Che dovrei chiudermi in casa e starmene buona buona sul divano a guardare la tv?

–Non intendevo...– ma ormai non serve a nulla, lei si è già voltata e continua a camminare. Per un attimo mi è anche sembrato di scorgere una fastidiosissima smorfia di soddisfazione...

Le rimango incollato, la seguo come un cane il suo padrone, perché in me non svanisce il timore che la sua sicurezza possa tradirla, che il suo equilibrio possa abbandonarla da un momento all'altro.

Non faccio nemmeno attenzione a dove metto i piedi, a dove poggio le mani, a dove sbattono le mie ginocchia.

Soltanto quando raggiunge la sabbia tiro un sospiro di

sollievo.

Ed è adesso che un bruciore improvviso mi assale impietoso, proviene dalle gambe.

Porco cazzo quanto sangue!

3
LA GIUSTIZIA

Primo giorno in cabina.

Gli ultimi tre li ho passati in sala formazione con quella che ormai segretamente e costantemente ribattezzo di volta in volta elefantessa o pachiderma.

È con me anche adesso, anzi dietro di me, in piedi, per assistermi durante le prime telefonate.

Mi gratto il polpaccio con la parte superiore della scarpa, le crosticine staranno già cadendo dai tagli che mi son procurato qualche giorno fa per assistere quella matta di una ballerina.

Sono calmo. No, non è vero, nemmeno per il cazzo che sono calmo. Sono agitatissimo, mi gratto così forte che rischio di sanguinare di nuovo.

Come faranno a parlare al telefono con degli sconosciuti e a raccontare tutte quelle stronzate? Voglio dire, sarà per via dell'età, una qualche forma di saggezza che viene col tempo e alla quale devo essere immune... non riesco a dare meno di trentacinque anni a nessuna delle teleoperatrici e parecchie vanno per i quaranta... O se li portano male oppure devono essere delle povere disgraziate... Una chiara strategia di chi gestisce gli affari qui dentro, la nuova forza lavoro che nasce dalla debolezza di chi non ha più potere contrattuale. Ci assumono in massa perché sanno che non possiamo dire di no. Faranno leva su questo, reclutare i falliti, gli emarginati, i disperati... altrimenti un posto così come lo mandi avanti?

Strategie... tipo quelle che ho dovuto imparare di recente...

–Pronto sono– dice un nome a caso *–vorrei sapere se mio marito mi lascerà.–* il pachiderma simula una telefonata, interpretando il ruolo di una cliente e desidera che anche io mi cali nella parte del cartomante.

–Perché pensi questo?– spallucce, il polso ruota, le dita si aprono come petali, la mia mano che cerca conferme che non arrivano.

–Ah, non so, sei tu il cartomante, sei tu che me lo devi dire.

–Leggendo queste carte (che non sto leggendo perché non ho nessuna carta in mano né mai l'avrò...) sono sicuro che il vostro rapporto migliorerà nel giro di poco tempo.

–Ah, e io che speravo mi chiedesse il divorzio in modo da poter sposare il mio amante... Grazie e arrivederci.– il suo sorriso falso sancisce un inequivocabile "ti ho fottuto!". Si aspettava di vedermi cadere nel suo tranello orchestrato per farmi capire che devo sempre, a tutti i costi, in ogni circostanza, reperire il maggior numero di informazioni da un cliente anche quando sembra impossibile, come in presenza di atteggiamenti di chiusura tipo quello simulato da lei, perché le persone possono discostarsi dai comuni cliché.

Quelle che lei chiama trappole. Ce ne sono di tutti i tipi. Se non vi siete mai fatti leggere le carte non importa, pensate a quando rivelate le mezze verità, quando volete rispondere senza dire, parlare senza raccontare, lasciando nel dubbio il vostro interlocutore.

In poche parole è un bel casino. Se i riflessi non saranno pronti, se mi distrarrò, visto e considerato che sono sprovvisto di poteri divinatori come chiunque altro qui dentro, rischio di non vendere un cazzo di niente.

In cabina non mi è permesso portare nulla.

Nè il cellulare nè altri strumenti elettronici, niente penne, matite o pennarelli, niente quaderni, block notes o fogli singoli. Sull'unico pezzo di carta presente sono riportate sommariamente le linee guida per affrontare le situazioni più frequenti.

Ah, dimenticavo, come ho scritto prima in corsivo – lo ripeto in caso vi fosse sfuggito – qui non usano i tarocchi, non servono. Non fate quell'espressione, si tratta pur sempre di una truffa...

–Pronto, Patrizia?– ho chiamato io, siamo sempre noi che chiamiamo quelli che si sono appuntati nella pagina del sito –Sono Luca, il cartomante, avevi preso appuntamento per la lettura gratuita dei tarocchi.– il nome è falso, ovviamente, io mi chiamo Alex. La qualifica, invece, l'ho scelta a caso tra le opzioni disponibili, numerologo, astrologo e cartomante, per l'appunto.

–Ciao, sì, non mi aspettavo che mi chiamassi davvero... e pensavo di parlare con una donna, Eleonora se non ricordo male, ma ne approfitto per farti una domanda.

–Lo studio appartiene a lei, ma leggiamo le carte entrambi... Prego, dimmi pure.– i clienti prendono appuntamento con una fantomatica–inesistente–totalmente inventata Eleonora, interpretata dalle altre mie colleghe reali. Io, invece, recito la parte di un collaboratore, come avete appena letto. Non fatevi illusioni, è il medesimo stratagemma utilizzato in ogni altro tipo di attività simile a questa: c'è sempre qualcuno che a rotazione, o per l'occasione, interpreta un vicepresidente, un vice direttore, una segretaria, un socio, un collaboratore, un nuovo arrivato, un sostituto, un collega stretto del capo dei capi.

–Ho una causa legale contro il mio ex marito per l'affidamento dei figli e vorrei sapere se il giudice mi darà o meno ragione.– "e io che cazzo ne so?!" vorrei risponderle, ma non posso. Devo stare al gioco, prendere tempo, far finta di avere tutto sotto controllo anche se non so cosa inventarmi.

Le linee guida... non servono a niente.

MICROFONO NO.

L'elefantessa schiaccia il tasto sul telefono per consigliarmi cosa dire, sull'enfasi che devo trasmettere, sulle pause da rispettare.

–Sei pronto?

–Certo.– ... pronto una sega...

MICROFONO SÌ.

–Patrizia, da quanto tempo è iniziata la causa?– non avrei mai immaginato che le persone si facessero leggere le carte per simili motivi.

–Da un anno, ma non capisco perché ci mettano così tanto a decidere... come fanno a non capire che il mio ex marito non è adatto a fare il padre?– continua a lamentarsi fino a quando una pausa tra una frase e l'altra si tramuta nell'occasione che stavo aspettando.

Sotto lo sguardo vigile di quella dispensa falsi sorrisi, mi destreggio con disinvoltura e imposto la vendita dello specialista.

–Dunque, Patrizia, per rispondere alla tua domanda ho bisogno di sapere la tua data di nascita – non mi serve nessuna data – e l'ora della stessa – tanto meno un orario, è solo un modo per rendere credibile il tutto.

L'ignara mi detta i suoi numeri con precisione spasmodica.

Un momento di silenzio, mi volto e vedo che il pachiderma che ascolta con un altro paio di cuffie sorride compiaciuta, lo sguardo spietato come al solito, i suoi occhi prendono la forma del simbolo dell'euro.

–Le carte mi dicono che è molto probabile che non sia stata esibita una prova fondamentale. Il problema è che se questa prova non verrà presentata, molto probabilmente perderai la causa per l'affidamento!– mi fermo, come consigliatomi di fare, in attesa che l'altra parli.

–E qual è questa prova?

–Come saprai le carte non possono essere più precise di così...

–Allora cos'ho chiamato a fare?

–Ascolta– è qui che devo dare il meglio –se è vero che le carte non possono essere precise, c'è chi può identificare esattamente quello di cui hai bisogno, qualcuno che è in grado di ricevere un'immagine nitida della prova che ti serve.

–E chi è?

–Si tratta di specialisti che hanno la capacità di divinizzare in modo esatto immagini del passato, del presente e del futuro. Se dalle tue parti ne conosci qualcuno– non conoscerà nessuno ovviamente –che sia un veggente *serio*, però, fatti dire al più presto di che cosa hai bisogno per vincere la causa.– un altro momento di silenzio, mi sto giocando il tutto per tutto. Chi parla per primo ha perso.

La pausa sembra interminabile, per un attimo temo che abbia riagganciato, l'elefantessa fa salire e scendere la mano un paio di volte, la sa lunga lei, poi accade il miracolo.

–Io non conosco nessuno, non è che potresti consigliarmi tu?– è mia, riavvolgo il mulinello lentamente, senza strattoni, senza farle capire che quell'esca silenziosa nascondeva un'insidia letale, un amo dal quale ormai non potrà più liberarsi, il mio trampolino di lancio per la vendita che propongo in questi termini: –No, non conosco nessuno... ma se mi dai un attimo di tempo chiedo alla mia collega Eleonora che ha più amicizie di me nel settore.– è un meccanismo diabolico, far apparire il tutto come improvvisato, allontanare in tutti i modi l'idea che il consiglio sia frutto di premeditazione.

MICROFONO NO.

Quando mi volto il sorriso del pachiderma è diventato una risata soffocata sul nascere, le dita si sono richiuse sul palmo dal quale si erge trionfante il pollice. Si congratula con me e mi dice di concludere.

MICROFONO SÌ.

Procedo alla vendita indicando un falso professionista, interpretato all'occorrenza dalla prima collega disponibile, magari quella di fronte a me, che reciterà il suo ruolo alla perfezione, uno specialista in qualcosa che non sta né in cielo né in terra e non avete idea di quanti se ne inventino da queste parti, uno per ogni necessità. Una *falsa veggente* incaricata di intrattenere a lungo la cliente che le sto per passare al fine di spillarle dal conto corrente tutto il denaro possibile.

–Ascolta Patrizia, la veggente che la mia collega mi ha consigliato di suggerirti ti farà un prezzo ridottissimo grazie alla nostra raccomandazione per un consulto telefonico.– comunico tariffa, cambio di tariffa e dopo quanti minuti tale cambio si innescherà.

–Va benissimo, grazie mille davvero, sei stato gentilissimo.– "ma come fai a credere ad una cosa del genere? Come fai ad avere tutta questa fiducia in uno sconosciuto che ti ha preso per il culo? Come fai a non capire che a rendere vera questa menzogna sei stata proprio tu?"

Inoltro la chiamata e riaggancio.

La montagna di carne dietro di me è felicissima, mi dà una pacca sulla spalla, si congratula e dice di non aver mai visto nessuno vendere alla prima telefonata. Dopodiché esce richiudendo la porta della cabina velocemente e dirigendosi verso un'altra teloperatrice–*falsa cartomante*–truffatrice.

Lo spostamento d'aria fa scivolare a terra qualcosa che non avevo notato.

Si tratta di un vero tarocco di Marsiglia, qualcuno prima di me deve aver giocato con l'intero mazzo, probabilmente la donna in lacrime dell'altro giorno... forse era un modo per dare un significato più decoroso a questo *lavoro*.

LA GIUSTIZIA, è scritto a chiare lettere sotto la dama che sorregge una bilancia a due piatti...

Non so se essere contento per aver dimostrato che posso lavorare in questa *azienda* o se essere inorridito per aver venduto merda fumante ad una povera–deficiente–disperata. Ma quello che più mi terrorizza, che mi fa sentire a disagio, è che questa stramaledetta sensazione mi piace da impazzire!

4
GLI AMANTI

Mi faccio strada dentro di lei, adagio, con l'opportuno preavviso di un bacio con cui metto fine ai preliminari.

Caldo avvolgente, soavemente evaporo nel voluttuoso abbraccio delle sue morbide gambe.

Conservo un paio di centimetri per sorprenderla più in là, quando sarà ancora più vogliosa.

Riesco a sentire il suo utero all'apice del glande. E Giulia sente me.

Alza il bacino, lentamente, sempre di più... "ondeggia con me, amore, aiutami ad aiutarti, costruiamolo insieme questo orgasmo, io e te, instancabili amanti, un duo imbattibile dedito a tutto ciò che dà un senso alle nostre esistenze".

Saranno passati una decina di minuti, il che non è affatto male se consideriamo che non indosso il preservativo – tranquilli mamma e papà, lei usa la pillola, siamo incoscienti ma non sprovveduti.

Le sue cosce arrendevoli mi fanno più spazio, nel nostro linguaggio muto è un messaggio inequivocabile.

Mi gioco la carta vincente, quel paio di centimetri in più risparmiati all'inizio per sorprenderla nel finale.

Il suo gemere è un crescendo di piacere e desiderio, sfrega il clitoride con maggiore convinzione contro il mio pube, mi costringo a mantenere inalterato il ritmo... non ancora... non ancora...

Corro su verdi colline baciate dal Sole... un tuffo in mare il giorno più caldo di agosto... il sapore di un *big mac*... un sorso di moscato... intenso gelsomino notturno... notte d'estate al sud... salto nel vuoto senza toccare il fondo... una mano per ogni chiappa... la punta dell'indice nel suo ano... così non va... troppo intenso... sto perdendo il controllo... un attimo di distrazione e potrei essere già agli sgoccioli... e lei ha così tanto da dare!

Stringo i denti, mi concentro a fondo... ma... come... cazzo... posso... resistere... ancora? Maledizione...

Inaspettati sopraggiungono i suoi acuti, due grida sonore, una pausa per riprendere fiato... distende braccia e gambe sudata fradicia ... esausta, ma felice. O almeno credo...

–Che hai?– inquisisce senza scrupoli.

–Che ho?

–Sei rosso in viso... e non ti ho sentito godere nemmeno per un po' quando sei venuto...– si è accorta del mio ventriloquismo orgasmico...

–Come no?– dissimulo inutilmente –ho fatto aaahh aahhh ahhhh, tre volte.

Raccoglie le gambe, con una mano mi spinge via e si mette seduta, fissandomi negli occhi costringendomi a drizzarmi, negandomi il più che meritato riposo.

–Cosa c'è che non va?– mi interroga seria, come quelle volte in cui, senza accorgermene, ci finisco a discutere.

–Niente, perché me lo chiedi?

–Perché eri strano, come assente, come... non completamente con me.– si riallaccia il reggiseno e inforca le mutandine con i suoi piedini delicati.

Solo perché non mi hai sentito gemere quando sono venuto ora pensi chissà che cosa...

–Non dico sessualmente, quello c'eri... c'eri tutto– arrossisce ed io mi sento uno stallone–purosangue–da rodeo –

non hai mai aperto gli occhi, non mi hai guardata come fai di solito– sto temendo il peggio... che arriva con la sua prossima domanda... –Ti piace proprio eh?

–Chi?

–Lo sai chi...

–No, non lo so, ma se vuoi sentirtelo dire te lo dico, A ME PIACI TU!– sorrido, ma non basta per raggiungerla, non dove si trova adesso, così distante che pare trasferitasi in un'altra città.

–Mi riferisco alla ballerina... che pensi? Che non me ne sia accorta?– si è rimessa la maglietta che le ho regalato.

–Di che cazzo stai parlando?!

–Ho notato come stavi dietro di lei quando uscivate dal mare– e questo dimostra che le donne hanno davvero gli occhi dietro la testa come i ragni, visto che mi precedeva abbracciata al suo ragazzo –tutto attento, premuroso...– la tarantola sorride, mentre indossa gli short di jeans, ma quello non è un sorriso, è una trappola, un po' come quelle dei clienti del call center.

–È una smorfiosetta di ventitré anni, una bambina... dal punto di vista biologico potrei essere suo padre...

–Vabbè, sarà...– adesso è completamente vestita.

–Ascolta Giulia, io non ho altre in testa a parte te. Credi che sia facile frequentarti e accettare che sei la ragazza di qualcun altro?

–Ah, ora perché ho il ragazzo ti senti legittimato a scopare con le altre?

–Non lo dicevo per quello– lo sapevo che sarebbe finita così... –volevo dire che pur essendo complicato io voglio stare con te.

–Ma non farmi ridere, te stai con me e intanto chissà

quante te ne scopi!– raccoglie il cellulare e controlla se ci sono chiamate... Avete notato l'espressione delle donne in questi momenti? Sganciano un'atomica su Hiroshima e poi assumono quell'aria indifferente mentre il mondo sotto di loro continua a bruciare...

–Stiamo litigando per nulla!– ho alzato la voce senza rendermene conto, ma è talmente assurda questa situazione che mi fa incazzare il solo fatto di esserci finito dentro! Di nuovo!

–Ah, adesso stiamo litigando!?

–No, ma se continui mi sa che lo facciamo davvero.

–Io non litigo con te, non meriti nemmeno questo... e non hai emesso un gemito perché sei venuto cinque secondi prima di me e poi ti sei sforzato di andare avanti per farmi godere, quindi vuol dire che non sei sincero con me!

–E ti incazzi pure? Dovresti apprezzare e ringraziarmi, innalzare una statua dorata con sotto scritto "Alex, a cazzo duro oltre l'orgasmo!"

Sbatte la porta e mi lascia nudo come un verme, furioso come una tigre ferita e con la domanda alla quale cerco di dare risposta da una vita: possibile che in cambio del cazzo le donne ti diano solo rotture di coglioni?

5
LA VENDITA

Vendere un consulto divinatorio al telefono è più semplice che vendere una polizza assicurativa di persona. Parlo per esperienza.

Vi illustrerò lo schema con un esempio, tralascerò la mia opinione sul fattore fortuna, ma vi dico subito che ogni vendita è imperniata su un *elemento* di cui si fa portatrice inconsapevole ogni persona che prende appuntamento per farsi leggere le carte.

In poche parole, una volta che le parole LETTURA GRATUITA DELLE CARTE – INSERITE IL VOSTRO NUMERO E VI RICHIAMEREMO ALL'ORARIO CHE AVETE INDICATO catturano l'attenzione di chi, anche solo per curiosità, è stuzzicato dall'idea, il meccanismo si è già innescato: costui ha intimamente accettato la possibilità che i tarocchi possano aiutarlo a superare le difficoltà del momento. La *tacita accettazione* di questa possibilità è l'elemento a cui ho accennato prima.

Procediamo con un esempio.

MICROFONO SÌ.

–Pronto? Sono Luca, il cartomante, parlo con Francesco?

–Sì sono io.

Creo un'atmosfera rilassata, indugio nei soliti convenevoli e poi passo all'attacco –Come mai vuoi farti leggere le carte?

–Ho bisogno di sapere se il mio amore ritornerà da me oppure se mi ha già rimpiazzato con qualcun altro. – sospetto sia gay, devo accertarmene per evitare di cadere vittima del cliché che ho in testa e dare per scontato che si riferisca ad una donna.

–Come si chiama la *persona* che ami?

–...Claudio.– conferma con voce più timida dopo qualche istante di silenzio.

Questa è la prima fase dello schema, reperire informazioni tramite domande aperte che lo inducano a raccontare il più possibile. In seguito userò le informazioni che mi avrà dato contro di lui.

–Sento molta tensione nella tua voce... nessuno merita di soffrire... parlami di questa storia.– tre frasi mi trasformano nel suo migliore amico.

Mi dice che si frequentano da un paio di anni, che le cose sono andate bene, ma poi tutto è cambiato e nel giro di poco si sono lasciati –...probabilmente non mi ama più... forse ha già qualcun altro...– aggiunge che farebbe qualsiasi cosa pur di riaverlo con sé... musica per le mie orecchie.

MICROFONO NO.

Prendo tempo per concentrarmi sull'intonazione drammatica con cui dovrò farcire le prossime parole, lasciando intendere a Francesco che sto armeggiando con il mazzo di carte.

MICROFONO SÌ.

Torno da lui con il mio resoconto –Francesco, puoi stare tranquillo... sentimentalmente vi appartenete, le carte sono chiare su questo e sono piuttosto chiare sul fatto che Claudio purtroppo ha un problema... un problema irrisolto che ultimamente è ritornato a galla, una situazione di cui non parla molto volentieri con nessuno e che lo fa soffrire perché non è mai stato in grado di superarla...

Prima di procedere ritengo opportuno spiegarvi questo meccanismo.

Si tratta di una scaletta in due passaggi fondamentali:

1) il cliente A desidera sapere una certa cosa, se il suo ex tornerà, se vincerà la causa in tribunale, se il marito ha un'amante e così via... Tutte queste situazioni hanno in comune un piccolissimo ma non trascurabile dettaglio: il cliente A ha già attribuito loro una causa. Tuttavia, vera o presunta che sia, a noi non interessa... a me non interessa... quello che mi interessa è confermare una speranza o eliminare un timore, ma senza dare la risposta che cerca. Mai dare risposte esaurienti e definitive, il criceto non deve scendere dalla ruota, la nave non deve attraccare in nessun porto... sono a corto di altre metafore, ma credo di aver reso l'idea.

Nel nostro esempio, Francesco sospetta che Claudio abbia un nuovo fidanzato e crede che sia perché non lo ami più. Questo è un timore da eliminare – lo deduco dalle informazioni che mi ha dato – quindi lo tranquillizzo dicendo che i loro sentimenti si equivalgono, che uno ama l'altro e viceversa.

2) A questo punto bisogna intervenire proponendo la nostra problematica, quella che il cliente A non si sarebbe mai aspettato di sentire, qualcosa a cui non aveva pensato o dato importanza, ciò che dove lavoro chiamano *enigma*.

Nel caso di Francesco (come in tutti i casi analoghi) uno degli enigmi più convenienti da utilizzare è quello che avete già letto, la situazione irrisolta del passato che si ripresenta. L'importante è raffigurare tale situazione come un segreto personale del quale l'amante (Claudio nel nostro caso) non parlerebbe mai.

È consigliabile, inoltre, dare un fondamento al vostro enigma e, per farlo, è sufficiente prendere un periodo a caso dell'anno, ricorrendo per esempio alle stagioni, e chiedere se proprio in quel periodo il cliente ha notato qualcosa di strano. Se la risposta è sì, sta avvalorando la direzione che avete intrapreso. Se la risposta è no, niente paura, rimedierete con una frase del tipo "se non hai notato nulla è perché sa dissimulare bene". Tutti accettano l'idea che qualcuno sappia mentire, poiché tutti siamo in grado di farlo. Un trucchetto niente male... e funziona sempre!

–Se verso inizio primavera hai notato dei comportamenti strani da parte di Claudio, probabilmente erano dovuti al riproporsi della sua problematica irrisolta.

–Sì, ora che mi ci fai pensare è proprio così che è successo, in quel periodo sono iniziati i nostri casini...

Gettiamo un po' benzina sul fuoco –Francesco, riprenderti Claudio non è impossibile, se lo rivuoi davvero con te devi scoprire cos'è che lo affligge.

–Dimmelo, ti prego, di cosa si tratta?– mi offre l'occasione per promuovere la vendita prospettando una soluzione in termini di risparmio di tempo e denaro.

È in questo momento che lo schema prende la sua forma definitiva, negare che le carte, per quanto potenti, siano in grado di aiutarlo e indicare il professionista creato all'occorrenza, il quale ha un costo elevato, ma per mia intercessione applicherà una tariffa ridotta. Dopodiché bisognerà allettare il cliente inculcandogli l'idea che attraverso il consulto i suoi problemi si risolveranno oggi stesso.

–Questo purtroppo le carte non lo mostrano– pausa di due secondi –ma c'è chi potrebbe saperlo, qualcuno che potrebbe aiutarti a scoprirlo.– distinguo nel suo silenzio un fremito di speranza. –Ci sono, infatti degli esperti in scienze del comportamento che lavorano nel mio ambito, combinando lo studio in psicologia motoria– non ho la più pallida idea di quello che sto dicendo –con il loro dono esclusivo. Se dalle tue parti conosci qualcuno di questi... *specialisti*– impossibile che conosca qualcuno che non esiste –ti consiglio vivamente di rivolgerti a loro, perché descrivendo gli atteggiamenti di Claudio essi saranno in grado di identificare ciò che lo tormenta e consigliarti come comportarti con lui per riprenderlo con te!– un po' di entusiasmo non guasta...

–Ma io non conosco nessuno, non è che potresti aiutarmi?– il miele non è mai stato così dolce.

–Lasciami chiedere alla mia collega.– lo metto in attesa per un po' –Francesco sei fortunato, Eleonora conosce una professionista seria che ha addirittura aiutato la polizia in alcune circostanze– non è affatto vero –e che è stata ospite di trasmissioni televisive– che Dio mi fulmini –se sei interessato ti metto in contatto direttamente con lei.

–Sì... sono interessato, ma quanto mi verrà a costare?– domanda più che lecita.

–Con la raccomandazione del nostro studio di cartomanzia? Un'inezia! E ti dirò di più– il momento è delicato, devo convincerlo ad usare il suo conto corrente – siccome è un telefono fisso il pagamento può essere effettuato con carta di credito o bancomat, il che è una garanzia sia per il professionista che per te– quindi devo distogliere la sua attenzione dai soldi –ma la cosa più importante di tutte è che prendendo appuntamento anche per oggi stesso, tu saprai cos'ha Claudio, lo potrai aiutare e, soprattutto, riaverlo con te.– molti a questo punto della vendita si tirano indietro, molti altri accettano i termini con le tariffe che indico e che sembrano davvero allettanti se comparate con i prezzi di cartomanti, astrologhi, medium e quant'altro c'è in circolazione.

–Ma non è che poi mi svuotano il conto?

–Assolutamente no, è come effettuare un pagamento su Amazon o eBay, è un sistema sicuro.– il che è vero, ma il problema è che chi reciterà il ruolo del professionista cercherà di intrattenerlo il più a lungo possibile per far trascorrere il tempo senza dargli la risposta che gli ho garantito di ricevere e fargli spendere un mucchio di soldi.

–Va bene dai, facciamolo.– è questo il momento in cui un teleoperatore esulta in silenzio...

Infine concludo la vendita inoltrando la chiamata alla teleoperatrice pronta a recitare la sua parte.

6
LA VERGINE

Esce dalla chiesa circondata dalle sue amiche, bella, sorridente, fresca come una rosa. Gabriella risplende illuminata dal sole. Il gonnellino svolazzante che indossa sussulta ad ogni minimo movimento, adagiandosi ad intervalli asincroni sulle cosce bianchissime quando smettono di muoversi.

Il suo Dio è dentro di lei, nello stomaco, corroso dai succhi gastrici.

È al centro del gruppetto del coro, ragazzi e ragazze, puri e casti, universitari tutti casa e chiesa. Quelli fidanzati non vanno più in là di un bacio... ogni tanto... e di notte ognuno a casa propria, nel suo letto, e così sia!

E se peccano confessano. E se confessano ritornano puri e immacolati. E il prete li ascolta... un tipo giovane, slanciato, affascinante... lui sa tutto di tutti, ma acqua in bocca, chiudi la porta e butta la chiave.

Durante le prove del coro scherza con le ragazze, a turno se ne mette una a cavalcioni davanti al suo fidanzatino, questi non dice nulla, lui è il prete, non è un uomo, non ha il cazzo e se mai ne avesse uno lo userebbe solo per pisciare.

Il prete non ha erezioni.

Don Cazzo è l'ultimo ad uscire, lo aspettavano trepidanti e adesso sono tutti pacche sulle spalle e ringraziamenti per il sermone con cui li ha soggiogati.

Ma lui ha occhi solo per Gabriella, la tira a sé, ci scherza un po', la prende a braccetto e guida la fila fino al suo appartamento in centro, per il pranzo domenicale con tutta la truppa.

Sono in otto, cristiani praticanti. Mangiano per sedici come barbari pagani.

Pian piano si congedano uno a uno, due a due, rimane solo Gabriella che si offre come volontaria, perché Don Cazzo non ha nessuno ad aiutarlo con le faccende di casa.

Accende la tv su un canale nazionale, si mette comodo, Gabriella ne avrà ancora per un po'.

Poi la invita a preparare un altro caffè da prendere insieme, sul divano, l'uno accanto all'altra.

–Pronto Alex, vorrei parlarti, possiamo incontrarci di persona?– non la sentivo da mesi.

–Ciao Gabri, che sorpresa? Come stai? Certo che possiamo incontrarci.

Ci vediamo in un bar in centro, prima di cena.

È bella come sempre, come lo era allora, ai tempi dell'università.

Delle ragazze che frequentavo all'epoca lei era l'unica che non me la dava. Ci baciavamo e dormivamo insieme, a volte persino nudi, io l'ho toccata, lei mi ha toccato, ma non l'abbiamo mai fatto, voleva preservarsi per il matrimonio.

Era snervante per un poco più che ventenne tutto chiacchiere e testosterone dover resistere dinanzi a tanto ben di Dio, ma Dio non si batte e io mi snerverei anche adesso.

Ci raccontiamo gli ultimi tempi in cinque minuti, – ometto ogni riferimento al call center – ordiniamo qualcosa da bere, un paio di pettegolezzi su qualche amico in comune.

–Come mai questo incontro?

–Ho bisogno di un parere che solo tu puoi darmi. Con te mi sono sempre confidata e sei l'unico vero amico che mi sia rimasto, anche se ci sentiamo poco...

–Dimmi pure.– dare pareri ormai è diventata la mia occupazione principale...

–Sto per sposare Vincenzo, te lo ricordi?– quel povero coglione–segaiolo–aiutaci o Signore? Certo che me lo ricordo, l'unico uomo in grado di resistere al suo bel culetto senza nemmeno tentare un approccio fisico in tre anni. Parole di Gabriella...

–Congratulazioni Gabri!– l'abbraccio –Mi fa davvero piacere, che bella notizia.– soprattutto per Vincenzo... ve lo immaginate la prima notte di nozze? Come assistere ad una corrida... poveretta, le sfonderà anche i timpani a suon di cazzo...

–Grazie... insomma, volevo chiederti...– s'è messa a parlare a bassa voce –il mio fidanzato sa ovviamente che sono vergine, ha avuto molta pazienza con me– trattiene a stento una risatina –ma ho paura che... insomma... io voglio essere completamente sincera con lui e volevo chiederti se un uomo...

–Stai tranquilla, non c'è nulla di cui aver paura. Lascia che la natura faccia il suo corso, lasciati andare, sii egoista e altruista allo stesso tempo. Vincenzo sembra un tipo apposto, vedrai che saprà come comportarsi... Come dite in chiesa? ... Abbi fede.– le strizzo l'occhio, le sorrido, lei rimane impassibile.

–No, non volevo dire questo... cioè...

–Allora cosa?

–Sì, ecco, ti ricordi Don Carlo?

–Chi?

–Don Carlo... quello che chiamavi Don *Cazzo*.

–Ah sì... Don *Cazzo*, non mi è mai piaciuto, sembrava un adescatore di minorenni vestito da prete... Perché?– ho smesso di mangiare noccioline e ho finito il mio *screwdriver* tutto d'un fiato.

 –Lui era così gentile, mi diceva un sacco di cose belle, mi motivava...

 –E quindi?

 –Io volevo sapere... cioè, visto che voglio essere completamente sincera con Vincenzo... insomma... un uomo si potrebbe incazzare sapendo che ho dato il culo a un prete?

 Per un attimo, ma solo per un attimo, giusto un momento fa, ho avuto nostalgia della mia cornetta del telefono, della mia scatola di plexiglass e del mio mazzo di carte immaginario...

7
LA TEMPERANZA

La prima volta che la contattai andò più o meno così.

–Pronto sono Luca, il cartomante, parlo con Sabrina?– non c'è lavoro più difficile che rubare soldi dalle tasche altrui col permesso di chi indossa i pantaloni.

–Ciao– ride un po' –sì, sono io. Come funziona?– non ha ancora smesso di ridere. Mi ricorda quelle ragazzine stupidine–bambine–sciocchine? Anzi no, lei è quella che hanno eletto come loro rappresentante.

–Funziona che tu mi dici cosa non funziona nella tua vita e io cerco di capire come ripararlo con l'aiuto delle carte.– cara la mia stronzetta.

–Amore.– queste sono le telefonate che detesto... è già un lavoro di merda, mettici un carico tipo "ero muta dalla nascita e adesso riesco a dire solo una parola al minuto" e il gioco è fatto.

–Cosa vuoi sapere dell'amore?

–Sei tu il cartomante, fammi le carte e dimmelo.– ma va a cagare.

–Le carte devono essere rispettate, se non chiedi esattamente cosa vuoi sapere si potrebbero rivoltare contro.– non è farina del mio sacco, l'ho letta sul promemoria che ci mettono a disposizione... ogni tanto si rivela utile.

–... voglio sapere se avrò una storia d'amore con un ragazzo che ho conosciuto da poco.– e io voglio vincere alla lotteria solo per ingaggiare un detective privato e scoprire dove abiti... poi ci penseranno i mercenari che avrò pagato profumatamente per finire il lavoro.

–Come si chiama?– "Santo Coglione?"

Ogni volta che aspetto una sua risposta passano alcuni istanti di assoluto silenzio, come se la sua reticenza non fosse sufficiente e dovesse scegliere con cura le parole, m'ama non m'ama, centellinarle e dirmi l'indispensabile... solo per farmi girare le palle... perché tanto io sono un assistente sociale con un mazzo di carte immaginario. Che mi lamento a fare?

–Si chiama... Giovanni.– bel nome davvero...

–Scusa se te lo dico, ma non penso tu abbia bisogno delle carte per avere la risposta che cerchi.– vediamo quanto sei furba, cara la mia cerebrolesa.

–Che vuoi dire?– brava testa di cazzo, reggimi il gioco dai.

–Che queste cose bisogna godersele dall'inizio, è il bello di ogni nuovo incontro, fare i passi un po' alla cieca, scoprire l'altro e lasciarsi scoprire...– "le mutandine che non ti cambi da quattro giorni" "il reggiseno sudaticcio" "il fiato che ti puzza di pollo allo spiedo"... "Fumi? C'hai la panza? Vai di corpo tre volte a settimana, sarà per quello"... è rischioso fare un discorso del genere, ma se non riaggancia mi sarò guadagnato la sua fiducia.

–Non hai tutti i torti, però voglio sapere cosa ne pensano le carte– visto? –perché ho paura di non piacergli molto...– ma davvero?

–Va bene, dammi qualche istante e ti dico subito.

MICROFONO NO.

La vedo male, se continua così questa stronza non comprerà...non pare essere interessata ad un consulto con uno specialista... è una di quelle giornate dove neppure la quantità di figa che c'è qui dentro riesce a sollevarmi il morale.

MICROFONO SÌ.

–Allora Sabrina le carte sono piuttosto chiare, la vostra sarà una romantica storia d'amore– non te lo darà mai –che inizierà a prendere il volo soltanto quando tu farai in modo che si accorga di te, che ti veda come non ti ha mai visto sin ora.

–E come posso fare?– sei mia!

–Beh ci sono degli esperti in scienze del comportamento...– non mi lascia finire la frase che si rimette a ridere.

–Scusa, scusa... chiamo per farmi leggere le carte sull'amore e tu mi mandi da un esperto in scienze del comportamento...– che figlia di...

–È per aiutarti, visto che le carte possono essere efficaci fino a un certo punto, ma per darti una soluzione specifica– improvviso al meglio delle mie capacità paraculistiche –il mio consiglio è quello di...

–... di farmi notare. Ho capito. Grazie mille Luca! Ciao e grazie.

Ha riagganciato.

Incredibile.

Che troia.

Che imbecille.

Che stronza.

8
LA STELLA

Giulia è di buon umore, ha preso lo stipendio da impiegata comunale, per quel che vale un lavoro onesto, a differenza del mio... le ho detto soltanto che è un call center per la vendita di prodotti di bellezza... non sapevo che inventarmi, me l'ha chiesto a bruciapelo...

La litigata dell'altro giorno è ormai un ricordo lontano, non ne vuole nemmeno parlare, dice che le dovevano arrivare le sue cose...

Vuole mangiare, adesso, mangiare bene, non in uno di quei ristorantini di periferia con robetta appena decente e prezzi da supermercato.

Stasera vuole strafare, mi invita a cena e a bere, *all inclusive*, come se fossi il suo *toy-boy*.

–Non accetto un no! È la mia fantasia e si fa come dico io.– mi dà un bacio leggero, saporito, molto coinvolgente.

Siamo solo io e lei, il suo ragazzo ha il turno di notte, le sue amiche dalla parte opposta della città.

Cucina tipica mediterranea, ci diamo dentro, ma non troppo, quanto basta per reggere l'alcool che ingurgiteremo più tardi.

Facciamo l'amore nel bagno di un pub di metallari frequentato dal proprietario, da sua moglie e da un paio di clienti addormentati sul bancone. Usciamo di lì e ci precipitiamo allegrissimi verso il prossimo locale. *Shottini* di tequila seguiti dai suoi vodka tonic e dai miei gin lemon riempiono gli spazi tra una risata e l'altra.

C'è il karaoke, o meglio, due tizi che suonano la

chitarra e cantano in santa pace ai quali lei sta per far conoscere l'inferno... Sequestra loro il microfono e li schiavizza entrambi per dedicarmi la sua versione di *With or without you*, una cover oscena che fa ridere la platea. Ma a Giulia questo non importa e non le importerà fino a domani quando mi chiamerà piangendo e vorrà essere rassicurata di non aver fatto l'ennesima figura di merda.

Di nuovo in strada, a zonzo, senza una meta. Completi.

Torniamo sobri in un istante, lei più di me, io più di lei.

–Che fate da queste parti?– la ballerina, un basco rosso, una minigonna a scacchi, una camicetta trasparente. C'ha più tette ora che in costume.

–Sophia! Che sorpresa... e tu che ci fai tutta sola da queste parti?– Giulia sa che se non si inventerà una storia credibile siamo belli che fritti. Per questo prende tempo, ostenta sicurezza, si cala nella parte dell'amica.

–Abito qui, proprio lì sopra.– indica il quarto piano di un edificio, la terrazza dalla quale una luce rischiara questa calda notte d'estate.

–Vivi in un attico?– di nuovo Giulia, che probabilmente non ha ancora a disposizione una scusa più che plausibile che giustifichi la mia presenza lì con lei, in questa parte della città.

–Sì, ma non da sola, divido l'appartamento con un'amica.– ci guarda entrambi, me di più, i suoi occhi verdi indagano, scivolano sulle mie mani che infilo in tasca perché non si accorga che tremano. Il mio cuore è impazzito, più passa il tempo in assenza della risposta alla sua domanda iniziale e più le linee sulla sua fronte si fanno marcate.

–Vuoi venire con noi?– le chiedo di getto. Giulia mi osserva voltando la testa di scatto, poi parla al mio posto.

–Sì, dai, vieni anche tu.– e non sa nemmeno dove

stiamo per andare... che donna!

–Dove andate?– appunto... La ballerina guarda di nuovo me.

–C'è l'inaugurazione di una discoteca e Giulia mi aveva chiesto se potevo accompagnarla visto che il suo ragazzo lavora.– non male eh? Ora vi spiego.

Quando prima mi sono infilato le mani in tasca, le mie dita hanno sentito il cartoncino patinato di un volantino che mi avevano passato per strada, VIENI ANCHE TU ALL'INAUGURAZIONE DELL'EXTASI! E l'immagine della mappa collocava la discoteca nei dintorni.

Una fila notevole si snoda in due curve attorno a un palazzo.

–Che roba!– gli occhi di Sophia luccicano come le paillettes sulle gonne di alcune ragazze che ci precedono. E trema, nonostante questo caldo lei trema, più delle mie mani, molto di più.

 –Stai bene?– le sfioro una spalla –Sei pallida, che t'è preso?

–Dammi un minuto.– si porta all'orecchio lo smartphone e si mette in disparte, ansimante.

Io e Giulia non ci tocchiamo più, abbiamo innalzato un muro che ci fa apparire come buoni amici e nient'altro.

Sophia continua a parlare al telefono, sento a mala pena questo "... sì, grazie... e poi dovresti andare a comprarmi un po' di pasta... quella integrale... e un po' di verdure... e lo yogurt dietetico... un po' di latte e il gelato di soia. Poi passa a pagare le bollette, le ho messe vicino al frigo... grazie."

Riaggancia e rientra nella fila accanto a noi, un po' più calma e rilassata... un'altra persona.

–Tu non fai proprio niente eh, Sophia?– cerco di rompere il ghiaccio come posso, mi sa che non ci prendiamo tanto.

–In che senso?– i suoi occhi sono due fessure sottili.

–Nel senso che hai commissionato tutte quelle cose...– si irrigidisce appena.

–Non ho molto tempo, la danza mi assorbisce completamente... la mia coinquilina fa orari che le permettono di occuparsi di queste faccende, quindi...

–Hai uno sguardo indecifrabile, lo sai vero?

–Sì, me lo dicono in molti... non posso farci nulla.

Le sue ginocchia vanno avanti e indietro freneticamente, sembra un calciatore prima di entrare in campo, poi si volta verso di me come se avesse vinto la sua battaglia personale con la timidezza –Ti piace la danza?

–Non saprei... mi è sempre sembrata una cosa da teatro, che puoi fare solo lì, insomma...

–Non è affatto così, si può danzare ovunque... l'importante è che ci sia musica.– mi sorride in attesa che io ricambi, ma Giulia si intromette indicando uno dei buttafuori, un suo vecchio amico, l'uomo della provvidenza...

Sfiliamo imbarazzati davanti a decine e decine di persone che ci staranno già maledicendo... invece non ci caga nessuno, tutti occhi bassi su un display illuminato, nessuno parla con nessuno, nessuno si accorge di nessuno. Potrei tirare fuori l'uccello e pisciare proprio qui e non direbbero niente, forse mi filmerebbero, poi tornerebbero a mettere i *like* alle tette di Kate Upton, a commentare il piatto di pasta fotografato dall'amica che odiano, a scrivere alla migliore amica della loro fidanzata che sta due passi più avanti... di cosa meravigliarsi, sono i figli di chi guardava le serie sui carabinieri al giovedì, narcotizzandosi con il varietà il sabato sera... "tu critichi perché non hai un cazzo da fare"... "tu, invece, hai tutto quel lavoro e non fai un cazzo"...

Decine e decine di persone e non ho visto nemmeno un uomo libero, solo schiavi di quell'oracolo tecnologico che toccano più di quanto tocchino se stessi. Ammazzarsi di seghe sarebbe più dignitoso di questo suicidio cerebrale di massa.

Le ragazze sono in pista, si dimenano come matte mentre amoreggio con la cannuccia di un drink.

D'un tratto si crea il vuoto al suono di un coro di urla. È arrivato un personaggio televisivo con muscoli ovunque, persino sulle orecchie, che farà il vocalist o non so che... le ragazze si accalcano davanti alla postazione del dj lasciando uno spazio considerevole al centro della pista, mentre la musica cala di intensità, il ritmo si fa più lento, più melodico...

La cannuccia mi scivola via, di nuovo quella sensazione che mi rende incapace persino di pensare... i miei occhi si incollano alla figura solitaria che approfitta della situazione e si esibisce leggera, dando forma col suo corpo alle note che adesso sembrano suonare solo per lei.

Riscopro una bellezza alla quale ero cieco, la mia mente ritorna all'altro giorno, al mare, tra gli scogli.

Tonica, elastica, persino le ossa obbediscono al suo volere, danno l'impressione di curvarsi per agevolare ogni gesto, rendendo plastica ogni singola posa alla fine di un passo e all'inizio del movimento successivo.

Il suo viso risplende radioso.

Pura arte in movimento, uno sforbiciare di gambe, un saltare e flettersi con eleganza fino a quando l'energia cinetica immagazzinata le conferisce sufficiente spinta per piroettare lungo una diagonale invisibile che taglia la pista zittendo galli e galline incapaci, come me, di smettere di guardarla.

.

9

IL MATTO

–Ma che fine hai fatto?
12.05

–... non ho messo la sveglia:p
12.08
–Non ti avevo detto altro... –.–'
12.10

–Dai, vieni qui, ti aspetto :)
12.11

È sempre la stessa storia con Roberto, Roby per gli amici, gli devi ripetere le cose centinaia di volte perché non presta attenzione a quello che dici, vive nel suo mondo fatto di nozioni e nozioni e nozioni... approfondisce costantemente, è sufficientemente curioso per indagare a fondo un argomento che reputi degno della sua attenzione... Tutto il resto delle informazioni che recepisce da una conversazione, dalla tv, dalla radio, da una rivista sfogliata distrattamente, finisce inesorabilmente stipato in un qualche ripostiglio sperduto nei recessi della sua mente, dal quale, di tanto in tanto, senza che se ne accorga neppure, tira fuori qualcosa che ha sentito una volta da chi sa chi, chissà dove... quando ormai non serve più a nulla o, peggio ancora, quando sarebbe stato meglio che se lo fosse dimenticato.

Come quella volta, circa un anno fa...

–Hai capito?
–Sì... cosa?

–Roby dai! Te lo ripeto per l'ultima volta, apri bene le orecchie– schiocco le dita tre/quattro volte –quello che ha detto Antonio l'altra sera deve rimanere tra noi, non possiamo dire a Massimo che sarà licenziato perché ancora non lo sa nemmeno lui.

–E perché non lo sa nemmeno lui?

–Perché l'ha saputo Antonio dal suo capo. Massimo e Antonio sono colleghi... l'azienda sta ridimensionando e Massimo purtroppo è uno di quelli che manderanno a casa.

–Va bene.

–Ripetimelo.

–Non devo dire che Massimo sarà licenziato perché non lo sa nemmeno lui.

–Esatto... e a chi non devi dirlo?

–A Massimo.

Barbecue al lago, quello dove andiamo a pescare di solito e che oggi si è trasformato nella nostra piccola spiaggetta privata.

Il posto è incantevole.

Undici persone in tutto, un paio di coppiette che hanno portato un canotto gonfiabile e sono in procinto di varare il loro love boat, io e Roberto alla brace, tanto per cambiare, Jacopo e Costa a cercare un altro po' di legna da ardere, Antonio che rulla il primo cannone e Massimo che intrattiene una ragazza che nessuno conosce.

–Anto', chi è quella?

–E che ne so, è la prima volta che la vedo... Ascolta un po', lui ha capito che non deve dire nulla a Massimo?– alza il mento verso Roby.

–Sì, stai tranquillo, gliel'ho spiegato per bene.–

comprendo i suoi timori, sono più che fondati...

Tiriamo avanti la festicciola sino a pomeriggio inoltrato grazie alle scorte di alcool che ci siam portati dietro.

Mi accendo un altro spinello che fa un paio di giri mentre parliamo dei bei tempi andati.

Roberto è l'unico che non fuma canne, si ammazza di sigarette ma niente erba. Preferisce continuare a cucinare e pare che la nuova ragazza, Lucia, sia caduta vittima delle sue enciclopediche nozioni... conoscendolo le starà fracassando le palle con una saccente disquisizione sui nomi scientifici di piante e arbusti, una rastrellata viscerale della vegetazione circostante.

Dopo un po' lei cambia di nuovo accompagnatore, ritorna da Massimo che, nel giro di un minuto, raccoglie le sue cose in fretta e furia, la prende per un braccio e la trascina via senza salutare nessuno.

–Roby che cazzo è successo?

–E che ne so?

–Come che ne sai? Cos'hai detto a Lucia?

–No niente, ho scoperto che è la nuova fidanzata di Massimo...

–Sapessi che scoperta... e poi...

–... abbiamo parlato un po'... mi ha detto che lui fa progetti... che con l'aumento vuole prendere una nuova macchina, cambiare appartamento, comprare la nuova xbox, prenotare il viaggio a Cuba, regalare uno smartphone ai suoi genitori, organizzare il Capodanno in Nuova Zelanda con lei...

–Sì, ho capito, ma tu che le hai detto?

–Io le ho detto che sarà difficile perché lo licenzieranno a breve e poi lei è andata da lui e loro se ne sono...

–... andati, sì, questa parte la conosco anche io...

10
L'ASCENSORE

Eccolo lì Roberto, oggi che è domenica proprio non si muove.

Doveva passare a prendermi un'ora fa per andare da qualche parte sulla costa, magari dove non siamo ancora stati, posti nuovi da esplorare... e invece sono dovuto venire qui a casa sua a prelevarlo e mi toccherà anche spingerlo fuori dalla porta a spallate.

Caffè e frigorifero a mia disposizione purché non gli sia d'intralcio, non gli stia tra i piedi mentre ritorna alla vita sorseggiando il suo tè invecchiato sulla credenza dove ammuffiscono spezie e aromi e tisane di dubbio gusto e, credetemi, non è facile stargli lontano in questo monolocale rimpinzato di libri e giornali e quadri lasciati a metà, dove la polvere troneggia su scaffali che straripano di pipe in radica, giocattoli antichi e videocassette collezionate negli anni '90 e mai più utilizzate. E non è facile sopportare le sue chiassose risate, sottofondo ai video di YouTube, le compilation dove qualcuno si fa male. Piacciono anche a me, intendiamoci, ma lui è più sadico. Lui è più in un sacco di altre cose, è più alto, più robusto, più colto, più distratto, più affamato, più intelligente, più furbo, più cinico.

C'hai due lauree e non le sfrutti. Non c'è lavoro. Tuo nonno è morto. Affittiamo la casa. Hai quattro soldi. Compro la macchina nuova. Non hai pagato il canone. Non se ne accorgeranno. Ceniamo da me. Io porto il vino. Ceniamo da te. Facciamo la spesa. Tuo zio è morto. Affittiamo la casa. C'è lavoro all'estero. Sto bene dove sono.

–Un giro, dai, solo un giretto, un tuffo in mare, una pizza...

–No.

–Benzina a mezzo?

–Ok.

Siamo a venti chilometri dai suoi video demenziali e continuiamo a viaggiare in rigoroso silenzio, non tollera intromissioni quando è immerso nei suoi pensieri. Occhi fissi sulla strada, dita nel naso... è uno di quei guidatori che una mano basta e avanza. E se provi a farglielo notare lui cambia immediatamente discorso.

–Come va con Giulia?– è l'unico a cui l'ho detto in un momento di sfogo, sperando che se ne dimenticasse...

–Mah, benino, il solito... insomma.– cioè, come al solito si è ubriacata, come al solito l'ho dovuta riportare a casa, come al solito mi ha chiamato perché la confortassi "non hai fatto nessuna figura di merda cantando *With o without you* ..."

Ho opportunamente tralasciato che in discoteca si era messa a ballare sul bancone, dopo essersi fatta strada a gomitate e avermi quasi coinvolto in una rissa con i buttafuori.

Non le ho nemmeno detto che ad accompagnarla a casa non ero stato solo io... perché non gliel'ho detto? Perché sono uno stronzo.

Arriviamo sotto il palazzo in taxi, le sfilo le chiavi dalla borsa.

L'ascensore sale lento, sette piani in scalata verticale. Giulia è semi-cosciente, la testa a penzoloni sul petto, un rivolo di saliva che cola sui suoi vestiti, Sophia che con l'angolo di un fazzoletto la ripulisce.

Sale lento quest'ascensore, è strettissimo, me ne

accorgo quando non volendo sfioro la spalla di Sophia, proprio adesso che Giulia mi ha scelto come suo unico sostegno, proprio adesso che mi abbraccia spontaneamente, senza rendersi conto che non siamo soli. Sophia non sospetta nulla, né di me e Giulia né della segreta ammirazione che ormai nutro nei suoi confronti.

I pavimenti riflettono le luci colorate delle insegne che si riversano nell'appartamento attraverso le finestre, quelle blu e rosse, soprattutto, che si alternano ad intervalli regolari. Blu e rosso è il divano, prima blu e poi rossa è una poltrona.

Sophia la sorregge per i piedi, io dalle ascelle. Adagiamo con cura il suo corpo sul letto. Sonno dei giusti, dei folli, degli ubriachi fradici.

Posiziono un secchio di lato, a portata di mano.

–Starò io qui con lei.– Sophia mi accompagna alla porta. La sua voce è un dolce sussurro che si perde nell'oscurità. –Ti è piaciuto?– un fremito che non riesce a trattenere, le sue mani congiunte sul petto.

–Dici il tuo piccolo show?

–Sì...

–... certo... sei brava...– sorride e diventa bella, farebbe invidia persino a quella farfalla che si colora anche lei di blu e di rosso, raffigurata in un poster sul muro alle sue spalle.

–Tu non hai ballato per niente...– si è fatta vicina di un passo e di un passo ho indietreggiato.

–Non amo molto le discoteche...

–Possiamo rimediare...

–E come?

–Si può ballare ovunque, te l'ho detto, no?– si sposta di lato e io dal lato opposto la imito.

–Avevi anche detto che ci deve essere musica...

–Infatti... tu non la senti?

Le sue mani mi invitano a raccogliere la sfida.

Ondeggiamo lenti sulle note mute di un valzer notturno.

Ancora le luci delle insegne che colorano le nostre facce. Blu e rosso.

Il suo corpo è calore che prende forma tra le mie mani. Il compito che mi assegna è più semplice del previsto, devo solo assecondarla, sostenerla quando ha bisogno di sollevare una gamba per rimanere su un piede e girarci su. Il mio equilibrio è parte integrante del suo. "Un essere umano può fare tutto questo?" Ogni braccio scivola a turno nel vuoto, surfando su onde invisibili, linee sinuose tracciate con un semplice gesto ed un semplice gesto contiene centinaia di fotogrammi inscindibili, un movimento libero che nemmeno il tempo può imprigionare.

Giulia dorme nella stanza di fianco, ignara della coreografia di cui sono ormai coprotagonista... Giulia è un ricordo che rischio di dimenticare, Giulia non mi conosce come non mi conosco nemmeno io, Giulia non può immaginare quello che posso diventare... Giulia non lo dovrà mai sapere... "Un essere umano può fare tutto questo?"

Senza rendercene conto ci ritroviamo sul pianerottolo, la porta slitta su un colpo di vento che la richiude. Tutto ritorna rumore e incolore.

Decidiamo di andare, il campanello la sveglierebbe inutilmente, il ragazzo di Giulia sarà a casa tra poco.

Sette piani in ascensore. Un metro quadrato o poco più, uno spazio immenso, la distanza che ci separa è incolmabile.

Sophia mi guarda intensamente e io non riesco a pensare a niente.

–Hai di nuovo quello sguardo...

–Che sguardo?– stira il collo verso di me...

–Quello che non si capisce cosa pensi...– "e che mi pietrifica come quel giorno sugli scogli, come all'entrata dell'EXTASI, come ogni volta che incrocio il verde dei tuoi occhi."

–Non è colpa mia... è il mio sguardo...– la sua voce s'è fatta più bassa, di nuovo un sussurro.

Ho quella fame che nessun cibo può saziare. E quella sete che solo le sue labbra possono dissetare.

Scendiamo in picchiata velocemente, mi allontano da un paradiso illusorio precipitando in un abisso di eccitazione e desiderio a portata di mano, di bocca, di tutto ciò che ho da dare e da prendere. Scendiamo così velocemente che ho la sensazione di essere in lotta contro il tempo, proprio adesso che ho il freno a mano tirato, che non vado né avanti né indietro, inchiodato da un qualcosa che mi blocca a metà strada, che si intromette tra me e Sophia, quella stronza ubriaca ignara di tutto, svenuta sul letto, che amo davvero.

Quando lo zero appare sul display le porte si aprono prima ancora che sia riuscito a chiudere gli occhi, a sfiorarla, a prendermi quello che lei mi sta offrendo. Il sogno svanisce su un bip digitale, "Svegliati coglione!", Sophia corre via, non la inseguo, trattenuto ancora da quel senso di colpa, quel lieve prurito in fondo al cuore, lì dove va a dormire l'anima.

Pochi secondi più tardi, con un tempismo impeccabile, Michele, il ragazzo di Giulia, al ritorno dal lavoro con cinturone e pistola in bella vista spalanca il portone a vetri su di me. Fa la guardia giurata in un grande magazzino, ma si atteggia a sceriffo–ho tutto sotto controllo–difendo i più deboli.

–Mi è sembrato di vedere Sophia uscire dal palazzo... Era lei?

–No...

–E tu che ci fai qui? Come sta Giulia, è successo

qualcosa?– l'interrogatorio dell'ispettore Callaghan.

Gli occhi mi scivolano sulla sua arma di ordinanza, in bella vista sul fianco destro, se la impugnasse adesso gli basterebbe sollevarla appena, ruotarla verso l'alto e sarebbe già in linea col mio petto... e lui ha tutta l'aria di qualcuno che non vede l'ora di usarla...

Per qualche strana ragione, però, che sia la stanchezza o il modo in cui Giulia lo ha addomesticato, non pare sorprendersi più di tanto nel vedermi proprio qui a quest'ora della notte. Lei è un'astuta manipolatrice, è più grande di lui di cinque anni e sa come usare quell'astuccio per cazzi a proprio vantaggio meglio di qualunque altra ragazza abbia mai incontrato. E' capace di fargli credere qualunque cosa... e per la proprietà transitiva, adesso mi ritrovo a godere dello stesso potere...

–Giulia ha alzato un po' il gomito... colpa mia, dovevo impedirle di bere così tanto...

–È adulta e vaccinata, se fa l'irresponsabile tu non c'entri niente, anzi grazie per esserti preso cura di lei...

–Figurati...– ve l'ho detto, sono uno stronzo.

Mi congedo con un gesto frettoloso ed esco di casa correndo, voglio parlare con Sophia, non so esattamente di cosa, ma non mi va che vada via in quel modo.

È ancora buio qui fuori, il taxi della ballerina si allontana in fretta e non so quando la rivedrò. Giulia è lassù al settimo piano, col suo ragazzo e la sua pistola, tra un po' starà male ma poi le passerà.

Sono rimasto solo, quaggiù, un inutile pezzo di merda incollato alla parete del cesso. Io e il mio riflesso, lo potete intravedere anche voi, proprio lì, nelle vetrine dei negozi di fronte, dove la notte continua a cambiare colore come la mia

53

faccia.

> *Blu e rosso.*
> *Blu e rosso.*

11
L'IMPERATORE

Sono le quattro del pomeriggio quando arriviamo al mare. Un bar, un tè freddo, qualche culo ghiotto su cui fantasticare.

Il gestore dell'HOBBY ha un'aria truce, sembra un vecchio lupo di mare ritiratosi a buon ordine sulla terraferma per godersi la pensione in santa pace.

–Che prendete ragazzi?– si rigira in bocca qualcosa di molto solido che al contatto coi denti produce un suono tintinnante.

–Due tè freddi e un pacco di patatine.– Roby che come al solito ipoteca il suo posto a sedere ordinando il minimo indispensabile per poter fumare indisturbato un paio di sigarette.

–Clara! Oh Claretta! Porta quattro birre ghiacciate, due per me le altre per i signori. E friggi il pesce che è avanzato, si finisce.– proviamo inutilmente a disdire la comanda fino a quando non ci trafigge con le sue fenditure che a mala pena lasciano intravedere le iridi azzurre, ammutolendoci definitivamente.

Raccoglie uno sgabello e si siede di fronte. Quando sputa a terra mi accorgo che si trattava di una pietra dalle dimensioni di una nocciolina.

–Rafforza i denti.– "se lo dici te" –Non siete di qui vero? Una volta non c'era niente di niente, nemmeno la strada. Se volevi prendere il sole lo potevi fare anche nudo, non ci veniva nessuno. Guarda ora che hanno combinato.– indica i numerosi palazzi che impediscono al mare di riconciliarsi con le colline verde smeraldo –Ma dopotutto chi se ne frega? Ho messo su la mia attività con quattro soldi, ci vengono a mangiare tutti, belli e brutti. Mi son fatto un bel gruzzoletto... quasi quasi compro un *barchino*, un paio di giri a notte fonda con le reti a strascico e poi lo vedi... mi apro un ristorantino di pesce e chi s'è visto s'è visto.– come se a noi interessasse qualcosa.

Scartavetra le dita sulla barba sfrigolante dando l'idea di poterci accendere i fiammiferi. Una camicetta bisunta incollata alla pelle esala un lieve fetore di sudore ad ogni movimento. Capelli lunghi, grigi, impastati con qualche lozione a basso costo che non contribuisce a migliorare il quadretto neppure quando li pettina con le dita un paio di volte cercando di dar loro un velo dignitoso, mentre il suo sguardo si perde all'orizzonte. Né io né Roberto apriamo bocca, forse anche lui come me non vuole rovinare il momento.

–Magari ci metto un indiano ai fornelli, tanto con quel che costano... un paio di cinesini a servire ai tavoli... alla reception una di quelle troie *brasilene* che si *so'* trasferite qui... Lo chiamerò L'IMPERATORE, come il pesce spada in spagnolo, el emperador... Ma come si sta qui, eh?– scuote Roberto per una spalla alzando il tono di voce –Si sta come ragni qui! O no? Tu che dici fiorellino?– lo fissa con intensità fino a quando non tossisce per via del fumo che il mio amico, non volendo, gli ha alitato in faccia. –Clara! Oh Claretta! Quanto ci metti?! I signori hanno sete, ovvia!

–Oh babbo, *ci stai buono*?! Vengo, vengo.– la voce giunge da dentro il locale, alla quale se ne sovrappone un'altra, anch'essa femminile –Trattala bene oh *strullo*! *L'è* anche la *mi' figliola*, hai capito?– dev'essere la madre –

Zoticone e *gazzilloro*!

–La *mi' figliola l'è* un po' lenta di comprendonio– bisbiglìa all'orecchio di Roby, io non esisto –è tanto brava, per carità, ma se non fossi suo padre io *'un la tromberei mica*... l'è proprio brut...–smette di parlare all'improvviso.

Un ragazzo magrissimo, dall'aria triste, ci passa di fianco e viene subito intercettato, trattenuto per un braccio – Oh Giorgino– lo guarda con attenzione, si prende tempo a sufficienza per squadrarlo dalla testa ai piedi –è un po' presto, che dici?– spero per lui che sappia di cosa stia parlando perché dal tono che ha assunto non mi sembra disposto a ripetere la domanda.

–Oh Nello, volevo solo farle un salutino, poi ripassavo a prenderla più tardi.

–Un salutino?– scoppia in una risata ancora più chiassosa di quella di Roby che comincia a sghignazzare a sua volta –Avete sentito questo? Ma che salutino e salutino? Te devi *esse' omo*!

–Babbo stai zitto per favore.– la cameriera, Clara, la figlia di Nello che è arrivata col vassoio traboccante di roba.

–Oh, stai zitta te, eh?! Dio *bono*, ma come hai fatto a *veni' fori a questa* maniera? – ci guarda tutti, lei indaffarata a disporre cibo e bevande sul tavolo fa del suo meglio per ignorarlo –Tua madre era *'na* bella donna... io *so un bell'omo*... te tu fossi intelligente... ma sei più *strulla* di una mula, Dio *bono*...

A questo punto nemmeno io riesco a trattenermi... ride persino Giorgino, che da quanto ho capito è il fidanzato di Clara.

La ragazza corre dentro in lacrime, si sente di nuovo la voce della madre che maledice il marito. Questi si fa estremamente serio rivolgendosi ancora a Giorgino –Oh te? Che ridi? Tanto la trombi te.

12
IL PACHIDERMA

Sapete qual è il fattore che determina la riuscita di una truffa come quella del call center dove lavoro?

La convinzione.

Convincetevi di una cosa, una cosa qualunque purché attinente al contesto e riuscirete a convincere anche il cliente.

L'elefantessa mi sta rimproverando perché il numero delle vendite è calato.

Dice che non sono abbastanza *convinto*, mi fa riascoltare le telefonate che ho fatto, registrano tutto, nemmeno fosse la CIA.

–Devi sempre, e dico sempre, pensare a qualcosa di reale, una situazione che ti è capitata o che qualcuno ti ha raccontato. Se l'*enigma* è reale i clienti ci crederanno e compreranno.

Per quanto mi riguarda non credo abbia torto, ma trascura un po' troppo il fattore fortuna.

–La fortuna non esiste, dipende tutto da te, convinciti una volta per tutte!– sancisce il suo vangelo.

E la coscienza? Esiste?

"Ho preso appuntamento e mi hanno richiamato. Non pensavo lo facessero, io non credo molto a queste cose, intendo dire a questi siti... ma era un'offerta gratuita... Ai tarocchi non so se crederci o no, diciamo che do loro una possibilità... All'inizio mi ha messo a mio agio, era un cartomante gentile, mi ha fatto qualche domanda, poi mi ha chiesto di parlare del motivo per cui avevo preso appuntamento... Sono divorziata,

due figli a carico, il mio ex non mi dà niente... non riesco a trovare lavoro da nessuna parte. Ho pensato che siccome era una cosa gratuita, se mi avessero contattato avrei provato a sentire... diciamo... quello che dicevano le carte... Il cartomante ha affermato che stavo guardando nella direzione sbagliata, che c'era un'impresa non meglio specificata che stava cercando personale... che se fossi stata in grado di scoprire di quale società si trattava sarei riuscita ad ottenere quel posto... però le carte non erano sufficientemente "potenti", per questo mi ha detto che dovevo cogliere l'occasione al volo e contattare un veggente che mi avrebbe aiutata. Ho accettato che mi mettesse in linea con una professionista che conosceva lui, era a pagamento ovviamente. I primi minuti si pagava poco, poi un po' di più... La veggente ha iniziato a farmi domande su domande, ha parlato per una quarantina di minuti senza dirmi nessun nome di nessuna società e alla fine ho riagganciato... Avevo qualche centinaia di euro sul conto corrente, giusto per arrivare a fine mese... Ora me ne resta la metà."

"Sono sempre stato scettico riguardo ai tarocchi, ma il sito diceva che era una promozione gratuita, ti leggono le carte senza chiederti soldi... Stavo soffrendo come un cane per via della mia ex moglie, l'amavo... beh, l'amo ancora... C'eravamo sentiti e dopo qualche incontro mi stavo affezionando all'idea che si tornasse insieme... così ho preso appuntamento sul loro sito per sapere un po' meglio... mi volevo togliere la curiosità... e mi hanno richiamato davvero. Per un momento mi era venuto il dubbio che si trattasse di un call center, uno di quelli che fanno truffe di questo tipo, gliel'ho anche detto al cartomante, Luca credo si chiamasse, ma lui ha risposto che era uno studio di cartomanti associati... c'ho anche creduto... come ho creduto al *fatto che per riavere mia moglie dovevo contattare un esperto in scienze comportamentali che mi avrebbe dato consigli sull'atteggiamento che avrei dovuto tenere a seconda delle visioni che avrebbe avuto sul mio destino... Mi ha messo in contatto con una tipa che mi ha parlato di cose che non mi interessavano e alla fine non mi ha detto niente di più e niente di meno di quello che già sapevo... corteggiare, corteggiare con amore, corteggiare continuamente... quindi ho riagganciato... Mi hanno fottuto– ride –mi hanno fottuto alla grande... Ci ho rimesso un paio di centinaia di euro... e meno male che ho riagganciato se no sarebbero state molte di più."*

"Sono innamorata di un tossicodipendente... volevo sapere soltanto se anche lui era innamorato di me... sul sito c'era scritto che era tutto gratuito... il cartomante mi ha detto che è probabile che lui non mi ami affatto, che mi usi solo per i soldi... ci ero arrivata da sola a queste cose... ma sapete com'è, l'amore è cieco... il cartomante è stato gentile, mi ha fatto le carte due volte, mi ha detto che presto avrei incontrato qualcun altro... ma io non vedo nessuno perché non esco quasi mai... gliel'ho detto solo alla fine della telefonata: percepisco un sussidio da disabile perché sono sulla sedia a rotelle... le uniche persone che vedo sono il mio ragazzo, quando ha bisogno di soldi, e l'assistente sociale due volte a settimana, quando mi porta la spesa... mi aveva parlato di una veggente che mi avrebbe potuto aiutare col mio ragazzo, ma quando ha sentito in che condizioni vivevo non mi ha detto più nulla della veggente. Mi ha tenuto compagnia per una mezzora e poi ci siamo salutati."

–Alex, la gente è libera di spendere i soldi come

vuole.– si è trasformata nella persona più serena del mondo –
Io, per esempio, non spenderei mai i soldi in cartomanti e
quant'altro, perché non credo a queste cose –che razza di
troia!– C'è gente che va in chiesa perché crede in Dio, mentre
altri ci vanno solo per vedere com'è affrescata.– fa una lunga
pausa per spingermi a trarre le mie conclusioni, guardandomi
in modo intenso, riesco a distinguere quanto sia artificiale
persino in questo momento. Nessuno dei due apre bocca, ma
dove vuole arrivare è piuttosto chiaro...

 –A volte non è facile convincere le persone a
"comprare" un consulto... la gente non ha soldi di questi
tempi...

 –E tu ci credi?– pensate ad un blocco di marmo
inespressivo...

 –Quando dicono di non avere soldi non dobbiamo
insistere... parole tue.

 –Soltanto se sei sicuro di questo, perché le persone
mentono,– senti un po' da che pulpito –a te dicono solo quello
che conviene loro... Se dicono di non avere soldi tu lancia altre
esche, insisti sul fatto che con un consulto hanno
immediatamente la possibilità di migliorare la loro situazione
e, se hai un minimo dubbio, anche piccolissimo, del fatto che
stiano cedendo all'idea o che stiano facendo finta di non aver
soldi, allora vendi!– è capace di cambiare versione come un
politico che cambia partito dopo aver perso le elezioni.

 Si aggiudica il duello e mi rimanda in cabina con quel
sorriso slabbrato su denti d'avorio.

13
L'APPESO

MICROFONO SÌ.

–Pronto, Sabrina? Sono Luca, il cartomante, chiamo per l'appuntamento che avevi preso.

–Sì, sono io, ti ricordi? Abbiamo parlato l'altro giorno...– no, non ci credo, non può essere di nuovo lei, la decerebrata.

–Sì... ricordo.

–Volevo dirti che la lettura dell'altra volta si è avverata per metà.

–L'altra volta non mi hai lasciato nemmeno finire...

–Ho fatto come mi hai detto, mi sono fatta notare da Giovanni, il tipo che mi piace.

–E lui?

–Mi ha notata...

–Non capisco... allora cos'è che non va?

Le sue pause di silenzio sono incredibilmente lunghe e senza senso.

–... sembra che io non gli piaccia proprio.

–Lascia fare a me, adesso interrogo nuovamente le carte e vediamo se hanno una soluzione per te.

–Grazie Luca.

Prendo il mio tempo, fingo la consultazione dei tarocchi, con calma, ma proprio la calma mi viene meno quando all'improvviso il pachiderma irrompe nella mia cabina con aria affannata.

MICROFONO NO.

–Ho sentito che hai chiamato una cliente che ha già

parlato con te– le notizie qui dentro si diffondono velocemente... –si tratta di amore?

–Sì.

–Hai già suggerito un professionista?

–L'esperto comportamentale... ma non credo se lo ricordi, l'altra volta non mi ha lasciato nemmeno il tempo di impostare la vendita.

–Va bene, allora indirizzala verso un numerologo del cuore, dille questo.– rapida, efficace, spietata!

MICROFNO SÌ.

Cerco di convincere me, prima, e Sabrina, dopo, a rivolgersi all'esperto inventato dal pachiderma. Parlo per due minuti ininterrottamente sperando di esserci riuscito.

–Ho capito Luca, ma mi potresti fare soltanto un'altra velocissima lettura, solo per sapere cosa dicono i tuoi tarocchi?– come faccio ora? l'elefantessa è dietro di me...

–Posso dirti questo, se lui ti ha notata, adesso non si tratta più di instaurare una comunicazione efficace, ma di... dargli un... segnale ben preciso... un segnale inequivocabile del fatto che tu sei pronta ad accoglierlo nella tua vita– il pachiderma ha una faccia che è tutta un programma, le ficcherei una scarpa in bocca... –un segnale preciso, mi raccomando!

–E qual è?– mi chiede ignara di essere caduta nella trappola, sono di nuovo padrone del gioco.

–Quello che il numerologo del cuore di cui ti ho parlato saprà indicarti in modo esatto.– sento che ci siamo, non può dire di no.

–Ah ok, ma ora che ci penso, credo di sapere che tipo di segnale dare a Giovanni... Grazie mille Luca e a presto!– ha riagganciato... e ora come glielo spiego a questi trecento chili che mi alitano sul collo!?

14
IL PORCINO

Giulia e le sue idee...

Perché a lei manca soltanto un po' di calma e poi sarebbe perfetta.

–Dai, vai anche tu con loro. Alex dice che Roberto è un ottimo cercatore di funghi... potremo farci la cena per il mio compleanno domenica prossima.– e sapete a chi lo stava dicendo? Proprio a lui, Michele, il suo fidanzato–guardiano notturno–armato–che se so che ti trombi la mia ragazza ti faccio vedere come uso la pistola!

Arriviamo nei boschi verso le dieci del mattino.

Per qualunque altro cercatore di funghi quest'orario sarebbe improponibile, troppo tardi.

Non per Roby, per lui non è importante fare le cose come gli altri, ma farle.

Il che avrebbe anche senso, se quel suo "farle" non implicherebbe rischiare la vita ogni volta che se ne presenta l'occasione.

E proprio per quel suo "farle" adesso ci troviamo in bilico sul crinale scosceso di una collinetta che si innalza per circa settecento metri, all'interno del suo *suzuchino*, spazioso come un monovolume, dalle sembianze di una jeep, ma molto lontano dall'eguagliarne le prestazioni.

–Lento... lento... lento...– ho messo anche io una mano sul volante, visto che il suo stile di guida delle "dodici in punto" non prevede più di cinque dita –piano... piano... piano...

–Non c'era un'altra strada?– questo è Michele, si sta

cagando in mano, l'unica cosa positiva di questa situazione. Non fraintendetemi, non mi sta antipatico, ma il fatto che vada in buca sul mio stesso campo da golf, benché sia io l'abusivo, non mi va a genio. Per niente.

Sani e salvi ci ritroviamo dopo un paio d'ore in mezzo al bosco, la macchia mediterranea, il verde in tutte le sue tonalità.

È piena estate, caldo e afa, la pioggerella di circa dieci giorni fa, i presupposti per una raccolta abbondante ci sono tutti.

Calpestiamo foglie in putrefazione, l'humus che concima pini e castagni che svettano solenni come baluardi di questa rigogliosa natura e che potrebbe nascondere il nostro ambito bottino mimetizzatosi alla perfezione.

–Eccolo!– Roby alla vista del primo, enorme, carnoso porcino che si staglia lì davanti a noi.

È un esemplare il cui cappello raggiunge ad occhio e croce i venti centimetri di diametro.

Rimaniamo imbambolati dinanzi a tanta bellezza.

Vi potrei raccontare di quanti tipi di funghi abbiamo incontrato, raccolto e scartato, ma sarei io quello ad annoiarsi per primo. Mi limiterò a dirvi degli ovoli... li avete mai assaggiati crudi con olio, sale e scaglie di grana? Sono deliziosi.

Sono talmente buoni che è quando ne avvisto uno che Roby dà il meglio di sé.

–Inginocchiati caro– raccoglie un ramo spezzato –è giunto il momento.

–Che momento?– Michele non sa nulla di Roby e delle sue molteplici–imbarazzanti–esuberanti manifestazioni di gioia.

–Ora lo investo del titolo di cavaliere dell'ovolo e del porcino!

Mi sfiora entrambe le spalle col bastone, dopo che mi sono inginocchiato per assecondare le sue follie, e con voce fiera mi dà del Sir.

Sir Alex, non suona affatto male.

–Anche io ne ho raccolto uno!– Michele speranzoso di incorrere in un'investitura solenne da parte del nostro micologo di quartiere.

–No, quello non è un ovolo, o *amanita caesarea*, è piuttosto un ovolo malefico, o *amanita muscaria*, potente allucinogeno. La differenza tra i due funghi è al quanto semplice da riscontrare vista la presenza di residui della membrana biancastra sul cappello arancione della specie velenosa, completamente assenti su quella edule. Mai e poi mai bisogna arrischiarsi a raccoglierli quando entrambe le specie sono allo stadio primario, poiché sono identici, ricoperti dalla membrana appaiono infatti come due uova sode– si avvicina a Michele –Non ti preoccupare, l'importante è che non agiti il cestino.– Roberto solleva il fungo velenoso e con attenzione lo allontana dagli altri delicatamente, per evitare che rilasci le spore.

Il bosco non è posto per tutti, ha le sue regole, i suoi tesori e le sue insidie. Ma non mi sarei mai aspettato che al termine di questa prospera giornata, sarei incappato nell'unico pericolo che pensavo di aver posticipato a data da definire.

–Fermo!– Michele mi punta la sua arma di ordinanza, che non mi ero nemmeno accorto si fosse portato dietro.

–Che cazzo fai?– Roby mi ruba il tempo, anche se a dirla tutta non mi sento in diritto di aprire bocca.

Intendiamoci, lo sapevo che questo giorno prima o poi sarebbe arrivato. Mi ero preparato mentalmente all'idea di ritrovarmi in ospedale con naso e mascella fratturati, con Giulia ricoverata accanto a me più o meno nelle mie stesse condizioni, mentre ci tenevamo entrambi la mano raccontandoci le nostre fantasie sessuali in attesa di metterle in pratica una volta guariti.

Ma una calibro non so cosa che mi fissa minacciosa impugnata dal suo fidanzato ha notevolmente superato tutte le mie previsioni.

Indietreggio di un passo, soltanto uno, in quanto Michele mi impedisce di allontanarmi oltre.

–Ho detto fermo!– il suo braccio è teso, la mano salda, il mio destino segnato.

–Ma che cazzo fai?!– Roby ripete la sua domanda visibilmente alterato e preoccupato.

Ma io col cazzo che sto fermo, non prendo ordini da nessuno e affronterò la morte a viso aperto –Se devi sparare spara e facciamola finita!

Quella testa di cazzo non se lo fa ripetere due volte, distinguo nitidamente la fiammata che risplende negli occhi accesi di questo idiota, nelle orecchie rimbomba già un fischio assordante mentre l'eco dello sparo si diffonde in tutte le direzioni.

Le palpebre si richiudono, il cuore si ferma, le gambe cedono e cado all'indietro.

Se non sento niente vuol dire che sono morto. Oppure il bruciore arriverà a breve. O sono in coma o il mio cervello ha iniziato a sedarmi... Non sento niente di niente, tranne un lieve profumo e la sensazione che il mio cuore stia continuando a battere. Tum tum. Tum tum. Lo sento, tum tum,

tum tum.

Riapro gli occhi, il profumo dei fiori si mescola al tanfo delle foglie marce, l'olfatto non mi aveva tradito, sono ancora vivo.

Da questa prospettiva tutto appare chiaro. Se Dio esiste, il suo disegno non è poi così complicato, basta osservare... alberi giganteschi accanto a piante più basse, fiori variopinti che trionfano su monocromatici petali avvizziti, funghi velenosi poco distanti da quelli commestibili. E poi seguo il loro tronco, il loro fusto, il loro gambo fin dove tocca il terreno, sprofondando oltre il tappeto di foglie, in questo sottobosco da cui tutto ciò che mi sovrasta ha origine.

Un paio di mani robuste afferrano le mie e mi tirano su.

–Tutto bene?– è Roberto, sorridente, se non lo conoscessi a sufficienza direi persino commosso.

–Sì... credo.– poi mi volto di scatto verso Michele che esplode un altro colpo verso di noi, sul terreno, dal quale si innalza un serpente contorto su se stesso.

–Hai visto che roba?– Roby osserva Michele che rinfodera l'arma come uno sceriffo –ha centrato quella vipera al primo colpo!

–S... sì... wow... grazie... mi hai salvato la vita.

–Figurati, un giochetto da ragazzi.– con un piede controlla che il serpente sia morto davvero e mi trattengo dal sottolineare che con la testa spappolata ed il corpo diviso in due non potrebbe essere altrimenti.

Quando risaliamo in macchina ho come la sensazione di essere l'unico a non sapere come si sente.

–Cosa volevi dire quando mi hai detto di sparare, perché ti sei messo a fissarmi in quel modo?– la domanda a bruciapelo di Wyatt Earp mi inchioda al sedile posteriore.

–Niente... pensavo stessi scherzando così sono stato al gioco...– i suoi occhi si raddolciscono, il suo viso si rilassa... credo che stesse immaginando quello che voi già sapete...

–Ma dai... non scherzerei mai con una pistola carica... Se la impugno è solo per sparare.– mi strizza l'occhio e si allaccia la cintura di sicurezza.

Mentre questi due chiacchierano e ridono euforici, io non so se essere contento per non essermi ferito o terrorizzato per aver scoperto che Michele si porta dietro un'arma carica, che oltre a saperla usare possiede anche una mira infallibile e che è un fottuto represso del cazzo in cerca dell'occasione di sfogarsi a dovere...

15

IL MONDO

La connessione internet col *wireless*, con la chiave d'accesso, con il blocco parenti, col controllo sociale, con la licenza a scadenza, col rifiuto d'accesso, con il *tablet* al cesso, il *laptop* in volo, lo *smartphone* a lezione, l'*iPhone* sott'acqua, l'*iPod* per la corsa, l'*iPad* con la pizza, il *mac* con la pasta, l'esse emme esse di una volta, il *whatsApp* di adesso, *messenger* ogni tanto, conosciuta su *chatOn*, chatto–sega su *hangout*, orgia di *emoticons* su *tinder*, un'altra chatto–sega, bididibodidi *badoo*, *how about me*?

Famiglie di sabato, i parenti la domenica, gli amici venerdì, i figli giovedì.

Famiglie al discount per i prezzi più bassi, le posate di carta, i piatti di lattice, la verdura biocompatibile, la frutta biodegradabile, la carne vegetale, il pesce di stagione, il polpo insaccato.

Famiglie al centro commerciale, agli outlet quando ci sono i saldi, quando non trovi parcheggio, quando hai fame e non sai cosa mangi, le patatine col taglio del falegname, le polpette smontate all'Ikea, le crocchette imballate di pollo e gli hamburger spianati di pesce.

Il multisala coi popcorn, con gli effetti speciali, col *dolby sorround*, con il 3D senza occhiali, coi bambini seduti di lato, con la coppia di anziani che dorme di spalle, con la donna nel bagno che ti succhia l'uccello, con il film(?) sullo schermo, con il mondo là fuori.

L'ufficio otto ore al giorno, i colleghi cinque giorni su sette, due pause in cortile, tre caffè, dieci sigarette, la sveglia alle sette, le orge segrete, l'amante nel cassetto, la segretaria nel letto.

Le vacanze di Natale tra le spire dei serpenti, a Pasqua tutti sui monti, una settimana a luglio, una settimana ad agosto, sessant'anni di colpo.

È tutto in ombra oggi. Guardo fuori dalla finestra, in alto, in cerca di nuvole. Nemmeno una. Il sole s'è nascosto, ma il cielo è inspiegabilmente azzurro. Sempre di più.

MICROFONO SÌ.

"Ho il cancro, voglio vivere la mia ultima storia d'amore. Sono corrisposta?"

"Ho un amante da dieci anni, ci frequentiamo da prima che sposassi mio marito, è l'unico vero uomo della mia vita. Pensa che l'altro giorno è venuto sotto il mio appartamento in auto, mi ha praticamente prelevato nonostante marito e figli fossero in casa, e abbiamo scopato nella rimessa condominiale, eccitantissimo. Purtroppo anche lui è sposato e vorrei sapere se e quando lascerà la moglie per me."

"Io e il mio ragazzo vorremmo avere un figlio, clinicamente è tutto nella norma ma ancora non ci siamo riusciti. Volevo sapere se era una questione di chakra, cioè se erano allineati."

"Faccio la badante, ho un figlio in Romania che vive col mio compagno, ma lui non vuole trasferirsi qui e io mi sento sola. Intanto ho conosciuto un altro uomo, che dovrei fare?"

"Ho perso un po' di soldi al gioco, non ho la dipendenza, ma vorrei recuperare, mi accontento della metà. Se lo scopre mia moglie mi uccide, già sospetta qualcosa, crede abbia un'amante... Volevo sapere se ci sarà una vincita a breve ed eventualmente come e quanto scommettere."

"Ho un problema in amore. Ho conosciuto un ragazzo un mese fa e so che è quello giusto per me. Purtroppo sono fidanzata da quasi dieci anni e le cose hanno smesso di funzionare circa otto anni fa. Le nostre famiglie ormai pensano che ci sposeremo. Non voglio deludere nessuno e tanto meno fare del male a lui, ma sono innamorata di questa nuova persona che è entrata nella mia vita e ho paura di fare un casino enorme. Cosa dovrei fare?"

"Ho tre case da vendere, ma non riesco a trovare acquirenti. Ho un debito da saldare e mi servono soldi, che tipo di investimento mi consigliano le carte?"

"La mia vicina mi odia. Da quando si è trasferita accanto a me la mia vita è peggiorata. Mio marito mi ha lasciata, i figli si sono trasferiti in un'altra città, il mio gattino è morto d'infarto, la cagnolina si è ammalata, devo lavorare due anni in più per arrivare alla pensione, mia madre non ci sta più con la testa. Credo che la nuova vicina mi abbia fatto il malocchio perché è invidiosa di me. Me lo potete togliere?"

"Da un po' di tempo noto che i soldi sul conto stanno diminuendo, mio marito dice che ha dovuto pagare imposte arretrate, ma io non ci credo. Ho paura che abbia un'amante, chissà quanti regali e regalini... Cosa dicono le carte?"

MICROFONO NO.

Le persone tendono ad aprirsi con gli sconosciuti perché non fanno parte della loro vita, ci parli una volta e non li rivedi mai più. E questo posto sembra l'orecchio di Dio, i clienti ci vomitano dentro la loro merda confidando in uno sciacquone che spazzi via tutti i guai e le avversità, in un aiuto speciale, una qualche specie di miracolo che in realtà non avverrà. Il pachiderma dice che siamo degli psicoanalisti a buon prezzo, che regaliamo dieci minuti di felicità in cambio di una proposta d'acquisto, offrendo a chi si prenota la possibilità di parlare dei suoi problemi come non ha mai fatto prima, che rincuoriamo chi ne ha bisogno trasmettendo coraggio e conforto quando non riesce a trovarlo da solo. E sempre più spesso, per quanto sia controproducente per le mie finanze da disgraziato, nutro privatamente la speranza che quei disperati–avventati–incoscienti non cadano nel tranello, che non comprino il consulto, che mettano giù di colpo, che si salvino da me.

Mentre riaggancio dopo l'ultima chiamata di oggi, l'immagine del sottobosco dal quale nascono piante di ogni forma, colore e dimensione riaffiora nella mia mente, accompagnata, inevitabilmente, dall'insopportabile odore dell'humus in decomposizione.

16

IL BACIO

Alle sette di sera sono già a un'ora di distanza nel tempo e nello spazio dalla mia gabbia di vetro.

Programma semplice ed efficace, un aperitivo, pizza con Jacopo e Costa e poi si vedrà.

–Anche tu qui?– sono in quella parte della città in cui vive lei, Sophia, la ballerina dal carattere incomprensibile, ma non pensavo di incontrarla così facilmente.

–Ciao.– mi riscopro inaspettatamente felice di rivederla, dopo l'altra sera temevo di non avere un'altra occasione per capire cosa fosse successo, per prima a me stesso, poi tra di noi. Mi sporgo in avanti ma lei indietreggia sottraendo le sue guance alle mie.

Dice che è tutto ok, che aveva bevuto anche lei, che è andata via perché era stanca, che in realtà sperava di rivedermi anche lei.

Parliamo un po', un po' tanto, forse troppo perché il mio cellulare diventa in pochi secondi il bersaglio di una raffica di squilli che mi riportano alla cena, ai miei due amici lasciati in sospeso.

–Dì loro che hai avuto un imprevisto, voglio mostrarti una cosa.– mi prende la mano e mi trascina via.

A mala pena riesco a mandare un messaggio di scuse, "Fica".

È un open space al piano terra di un palazzo in costruzione trasformato– immagino abusivamente –in una discoteca multi sala.

–Guarda!– indica un pilastro su quello che ad occhio e

croce dovrebbe essere il decimo piano.

Un ragazzo circondato da altri pazzi si lancia nel vuoto legato ad una fune di sicurezza mentre ne regge un'altra in mano, arriva rapido fino al suolo, sfiora l'asfalto e poi torna in alto trasformato in un pendolo.

Oscilla per qualche altra volta sopra applausi scroscianti, le urla e tutto il resto.

–Un giorno voglio provarci anch'io. Lo chiamano Tarzan, è l'ultima tendenza tra noi giovani...– fa ironia sulla nostra differenza d'età...

–Che vorresti dire?

–Niente niente...– i suoi occhi verdi quasi si chiudono.

–E per quale motivo vorresti lanciarti da lì? Ah già... tu sei una ballerina masochista che odia starsene sul divano senza fare nulla...

–Vedo che stai imparando a conoscermi... Pensa a saltare da lì senza imbracatura, solo con la fune tra le mani, come farebbe davvero Tarzan... Il confine tra la vita e la morte che si assottiglia... un'esperienza interessante.– è rapita da qualche pensiero che getta un velo di tristezza sul suo viso.

–No... preferisco non pensarci...– la prendo per le braccia e la spingo delicatamente verso l'entrata.

Mentre punto il bar, Sophia mi appende la borsa alla spalla e si dirige ancora con la mia mano nella sua verso il grande palco di legno su cui altre persone stanno ballando al ritmo di una musica che non conosco, ma che mi rimbomba nel petto da quando siamo entrati.

Si siede sul bordo, si sfila i sandali e i suoi piedi fanno il miracolo.

Non c'è più musica dentro di me. Non sento niente di niente, sono nuovamente immobilizzato da quei movimenti che conferiscono una nuova identità a quel corpo privo di forme eppure perfetto, impeccabile, meraviglioso.

Ora ne sono sicuro, Sophia è acqua e la musica il suo contenitore.

Non ha importanza quale forma esso assuma, non esiste melodia sulla quale non possa danzare.

Ogni singola contorsione di ginocchia e caviglie e omeri e mani... quel suo sorriso fuso con la felicità che condivide con chi la osserva... tutto ciò fa parte di un piano ben congegnato, un dono raro riservato a pochi eletti.

Salgo sul palco e cammino verso di lei.

I suoi occhi verdi brillano, le sue labbra più rosse di prima.

Il petto mi batte forte al suono di una musica antica che riconosciamo entrambi.

Tra tanti e tante, legati da un elastico che si stende e poi ci avvicina.

Tra quanti e quante? Che importanza vuoi che abbia adesso?

Ora riesco a raggiungerla.

Ora c'è solo lei.

E il suo bacio.

17
LA CARPA

–A pesca? Con quel matto di Roby? E poi... come sarebbe a dire che lui sa tutto?!– l'avete riconosciuta? È Giulia, incazzata come una iena con le doglie, che non riesce a capire che a lui, a Roberto, potevo parlare di noi due.

Ma se hai detto che non puoi dirgli niente perché è sempre immerso nel suo mondo e poi tira fuori le cose a cazzo...

–Ma non tutte le cose, solo alcune, di certo non quello che riguarda me e te.– le prendo la mano –Guarda che è fidato. Dai, vieni anche tu, si va al lago, lui pesca noi passiamo del tempo insieme, romanticamente.

–Scordatelo.

–Dai...

–No.

–Nemmeno se porto un canotto gonfiabile?

–Un canotto?

–Sì.

–... no.

–Allora perché stai sorridendo?

Con il *suzuchino* di Roby ci impieghiamo meno di un'ora per giungere a destinazione. Il ragazzo di Giulia fa il doppio turno, noi ne approfittiamo. Lei non ha il ben che minimo imbarazzo a baciarmi davanti al mio amico, il che dovrebbe farmi incazzare per tutte le storie di prima, ma sorvolo.

–È bellissimo.

–Vorrei vedere... È il lago più bello di tutta la zona, e ci puoi pescare sia carpe che trote.– Roby sistema il terminale della canna, la parte finale della lenza, aggiungendo un paio di ami qualche decimetro sotto il galleggiante.

–Ma poi mangi quello che peschi?– Giulia fa domande per prendere tempo, è il suo "non te la do, dovrai aspettare un bel po' e non è detto che inzupperai".

–Posso?– mi chiede Roby eccitato dalla prospettiva di poterle spiegare come funziona la pesca d'acqua dolce.

–Prego.– mi faccio da parte sperando che scelga la versione breve, adoperandomi a gonfiare il canotto.

–Trote e carpe sono pesci molto differenti. Le prime si muovono ad una profondità media e salgono in superficie più frequentemente delle seconde. Queste infatti prediligono il fondo, sguazzano nel fango, il terminale deve essere molto più distante dal galleggiante ed il piombo un po' più grande per poter portare l'esca ad una maggiore profondità. È di fondamentale importanza pasturare un po' prima di iniziare a pescare, in modo da far abituare le carpe alla nuova esca.

–Accidenti...– non ha capito un cazzo, fidatevi, è solo contenta che Roby stia parlando a briglia sciolta in modo tale da avere una scusa per non stare con me.

–Veniamo alla commestibilità...– lui sta godendo, innamorato com'è del suono della sua voce –mentre le trote sono molto gustose, le carpe, benché commestibili, non hanno un sapore eccelso. Ma non è per questo che vengono ributtate in acqua una volta pescate.

–Ah no?– quanto sa essere falsa...

–Eh no, le carpe si cibano nel fango, ci immergono il muso grufolando, in cerca di ogni residuo organico e poi il muco...

–Il muco?

–Sì il muco... sono rivestite di un muco protettivo che deve essere eliminato prima di cucinarle, mettendole ad esempio in un acquario o in una vasca e lasciandole lì per qualche giorno a spurgare. Come vedi– ci siamo, il suo consiglio finale, anche perché ha voglia di pescare –è molto meglio ributtarle in acqua e tentare di prenderne sempre una più grossa per divertimento che portarle a casa per mangiarle.

Tendo la mano a Giulia, lei mi regala appena tre dita. Una piccola spinta da parte di Roby e siamo a metà del lago, remi alla mano io, doppie punte nelle sue che, gradualmente, setacciano i lunghi capelli biondo cenere.

–Ma perché ieri sera non hai risposto ai messaggi?– mi guarda negli occhi.

–Ero a cena con quei due matti di Jacopo e Costa, te l'ho detto...– spero che sia sufficiente averlo ripetuto una seconda volta.

–Ma io ti ho scritto verso le sette e mezza di sera...

–Aperitivo... avevamo già iniziato a darci dentro.

–Ti squilla.– guarda in direzione delle mie tasche.

–Eh?

–Il cellulare, ti sta squillando.

Non faccio in tempo a prenderlo che me lo sfila di mano. Non è la prima volta, da quando abbiamo iniziato a frequentarci è una cosa che fa spesso.

A volte non mi interessa, altre, come in questo caso, può diventare molto pericoloso.

–Ballerina?! Chi cazzo è Ballerina– si prende cinque secondi mentre le note della colonna sonora di *One Piece* continuano a susseguirsi e il gommone sta diventando troppo piccolo per entrambi –non dirmi che è Sophia, eh!? Non dirmi che mi stai tradendo con Sophia?!– sta gridando, io ci sono abituato, ma Roby si incazzerà perché così spaventa i pesci.

–Guarda, Roberto gesticola, ci fa cenno di fare più piano.

–Hey– ha le fiamme negli occhi –sto parlando con te testa di cazzo! Rispondi alla mia domanda, hai trombato con Sophia?!

–Ma che dici?!– cerco di controllare il più piccolo movimento facciale –Ci siamo scambiati il numero tempo fa, mi avrà chiamato per mettersi d'accordo sul regalo da farti per il compleanno.– devo ammettere che lavorare al call center dei *finti cartomanti* ha i suoi risvolti positivi, riesco a dire cazzate in un modo così convincente che per un attimo ci ho creduto anch'io.

–Non ti credo...– mi guarda di sottecchi –ora verifichiamo.– lo sta facendo davvero, sta richiamando Sophia.

–Che fai? Magari aveva cinque minuti liberi e ora starà danzando di nuovo.

–Ah... vedo che conosci anche i suoi orari adesso... Vorrà dire che se sta danzando non risponderà...– quel sorrisetto diabolico... di sicuro più autentico di quello dell'elefantessa, ma molto più letale.

Sento la voce di Sophia, ma non capisco quello che dice. Soltanto la risposta di Giulia, solo quella mi risulta chiara e cristallina.

–No Sophia, sono Giulia... ma sono contenta di sapere che tu e Alex siete già così intimi, fate davvero una bella coppia, complimenti. Ci vediamo al mio compleanno!

Con un movimento rapido del braccio tende il polso verso l'acqua, la mano che reggeva il cellulare si apre e io mi ritrovo a mezz'aria, tuffo plastico come quelli che non si vedevano dai tempi di Zenga e Tacconi, ma lei ce l'ha ancora in mano, sghignazzando, prendendo i remi, portandosi a riva, allontanandosi da me.

I miei piedi poggiano sul fondo viscido e melmoso, d'istinto li tiro su, ma non è sufficiente, il fango è rimasto incollato alla mia pelle, a fatica nuoto per rimanere a galla, per uscire il più in fretta possibile da quest'acqua così calma e limpida in superficie, ma che diventa sempre più torbida ad ogni mio singolo movimento.

–Che schifo! Giulia, aspetta!

–Fottiti stronzo!– arrivata a terra si sbottona gli short, li lascia cadere fino al suolo e poi si sfila le mutandine del costume –La stai guardando per l'ultima volta!– si volta verso Roby che non crede ai suoi occhi e ride come un ossesso – Guardala anche tu, questa è la figa che il tuo amico non rivedrà mai più! E adesso portatemi a casa, mi sono rotta i coglioni!– si riveste con calma, accompagnata dalle risate di Roberto che ha raggiunto lo stadio "lacrime", sotto il mio sguardo impotente, con il cazzo che m'è diventato ancora più duro dell'altra sera, quando ho fatto l'amore con Sophia, che adesso chissà cosa starà pensando.

18
LA SANGUETA

Questo tram sa di ansia e nostalgia.

Sfigati e anziani, questi sono i passeggeri che in estate riempiono i vagoni del tram da queste parti, a quest'ora – le fottutissime otto e mezzo di mattina – con questo caldo.

E come se non bastasse devo andare a truffare anche oggi sapendo che Giulia è ancora incazzata a morte con me. Ho provato a farla ragionare in tutti i modi, ricorrendo alle scappatoie che mi spettavano di diritto, "Te hai il tuo ragazzo", "La notte dormi con lui, non con me.", "Me l'avevi detto tu che potevo trombare con le altre a patto di non dirti nulla, ma se te mi sfili il cellulare te la cerchi."

Le sue repliche scontate, urlate, digrignando i denti come una leonessa furiosa, "Non posso lasciare Michele dall'oggi al domani, non voglio che soffra", "Ho bisogno di tempo per inventarmi una scusa plausibile", "Ti ho detto che potevi trombare con le altre, ma non con le mie amiche, e che cazzo!"

Per quanto riguarda Sophia, per mia fortuna, non c'ha capito nulla.

Sia prima, sia durante che dopo.

–Mi piace come ti muovi su di me... e mi piace la tua pelle... e mi piace come mi baci qui– si tocca le labbra, poi le sue dita scivolano sui seni –...qui– scorrono ancora più in basso –e ... qui.– se solo penso che su questo letto Giulia mi ha fatto uno dei più pomposi pompini della storia del pompino pomposo mi

sento una merda... "Non voglio sentirmi una merda."

–Detto da te è un complimento...– le accarezzo il viso con un gesto spontaneo che non so da dove mi sia venuto fuori.

Lei arrossisce, la luce del corridoio che abbiamo lasciato accesa quando siamo entrati è appena sufficiente a farci intravedere le nostre forme, ma i riflessi che di tanto in tanto si generano a seconda di come ci muoviamo mi permettono di godere anche del verde dei suoi occhi.

–Perché dici così?– sorride lasciandosi alle spalle l'imbarazzo che forse non ha mai avuto.

–Come perché? Sei una ballerina fantastica, ogni volta che ti muovi è come se il tuo corpo diventasse quello di...

–Un'altra persona?– è una domanda retorica, ma pretende comunque una risposta.

–... sì e no... ma non è solo questo. Mi piace il modo in cui ti trasforma la danza. È come se una strana energia ti conferisse il potere di infrangere le leggi della fisica. I tuoi piedi non toccano il suolo, lo sfiorano appena, sorretti dalla... musica...– mi guarda con gli occhi sgranati e io smetto di parlare.

–Continua...– sta ridendo.

–Ho detto una cosa stupida?

–No, affatto... continua...

–Volevo solo dire che è come se tu toccassi il suolo perché non vuoi che gli altri si accorgano che sei in grado di volare...– ci guardiamo fissi –che cazzata ho detto...– rido solo io.

–Tu hai visto questo mentre ballavo...?

–Sì.

–Grazie... lo sai che?

–Che?

–Sembri proprio un gattino– ride come una pazza alla vista della mia smorfia –sei agile sul materasso... sei sinuoso, ti muovi in modo suadente... sei soffice e morbido nei punti giusti e... duro dove serve...– mi sale addosso e usa la mia erezione per incastrarsi al mio corpo. Si rotola sul fianco trascinandomi su di lei. Le sue gambe mi stringono con una forza eccessiva, ma posso resistere.

Alle tre di notte la luce del corridoio la illumina mentre si riveste.

Il suo cellulare squilla.

–Ciao. Sì sì, sto bene... sto per tornare... No, no... non devi aspettarmi alzata, dormi pure... Sì, ho solo bisogno che scrivi la mail e la spedisci dal mio indirizzo... Ah già, usa il mio secondo conto... gli dovresti dire che pago l'affitto anche per il prossimo mese. Grazie mille, ti lovvo, a domani!

–La tua segretaria?

–La mia coinquilina...– sorride.

–... che ti fa da segretaria...

–Eh sì...– è di nuovo imbarazzata, ma il bacio che mi dà la rende ancora padrona della situazione –Non so fare nulla, ho sempre bisogno d'aiuto– si stringe nelle spalle – ho paura di fare le cose quotidiane da sola, mi blocco... la verità è che odio perdere tempo a pagare le bollette, fare la spesa, essere costretta a parlare con gli estranei... la gente spende un sacco di tempo a fare 'ste cose che per me non hanno alcuna importanza. Le persone ci costruiscono su intere giornate su queste cose... sono terrorizzata dall'impegno che ci mettono a dimenticarsi di vivere... preferisco farmi sostituire... mi faccio sostituire praticamente in tutto e per fortuna ho amiche che mi aiutano... e se voglio sperimentare un'emozione che non conosco, lo faccio indirettamente, osservo gli altri, come a *danza, quando voglio imparare un nuovo passo, io osservo un movimento e rivivo la sensazione dentro di me snza muovere un muscolo, ti è mai capitato? E se mi piace quello che ho provato allora mi cimento altrimenti no, così non perdo tempo. Soltanto quando danzo sono veramente io, non ho paura di niente, tutte le ansie spariscono... soltanto quando danzo non mi faccio sostituire da nessuno.– le patologie mentali non sono mai state così affascinanti...*

L'accompagno alla porta confuso, c'è molto più di quanto non si veda in lei... Mi piace, mi piace un casino, mi piace in modo diverso da Giulia, ma altrettanto coinvolgente.

–A quando?– mi chiede.

–A presto?

–... sì... a presto...– esce senza voltarsi. *"Mi dispiace piccola, non sono in condizioni di fare promesse."*

Prima di tutto devo trovarti una camera a tenuta stagna che sigilli ogni nostro eventuale incontro futuro. La promiscuità ha le sue regole e la prima è mai mischiare le emozioni che ti trasmette una donna con quelle di un'altra.

Il sole che illumina i finestrini del tram mi coglie impreparato.

Davanti a me un uomo sulla cinquantina si sveglia quando la testa gli scivola via dalla mano che la sorreggeva.

–Accidenti a queste curve del cazzo. Hanno forato due colline potevano fare un buco anche nella terza invece di girarci attorno le rotaie!

Qualcuno ride, ma lui guarda solo me, mi ha scelto come suo interlocutore.

–Poi si lamentano che arrivo al lavoro nervoso... te che fai?– me lo sta chiedendo qui davanti a tutti e tutti i presenti adesso hanno gli occhi fissi sui miei. La vergogna mi assale, se solo sapessero come mi guadagno da vivere in questo periodo mi lincerebbero pubblicamente.

–Lavoro in un call center.– rispondo definitivo, senza dare altre precisazioni. Si dovranno accontentare di questo.

–... Ho capito... Io invece sono un cuoco... lavoro in uno dei ristoranti giù alla spiaggia...

"E chi te l'ha chiesto...?" mi mordo la lingua.

–Ti piacciono i film?– continua imperterrito –Ieri ho fatto tardi... sono tornato a casa alle due e ho guardato quello con Al Pacino, il gangster boliviano... messicano... cubano...

–Scarface?

–No... quell'altro... Lui fa il portoricano che esce di prigione e incontra la sua ex fidanzata, la ballerina...

–Carlito's Way.

–Sì, esatto! Mi piacciono i film di mafia... Il padrino lo conosco a memoria... "No mmu scordu" spinge la mandibola in avanti e si porta l'indice di lato alla tempia nella sua versione di Brando.

–Anche Il padrino 2 non è male...

–Sì... bello anche quello, però il terzo non mi è piaciuto per niente. E sai quale attore mi piace anche?

–De Niro?

–Sì! Bravissimo! Soprattutto in quel film...– la sua approvazione deve avere un qualche valore sociale perché sembra che gli altri passeggeri mi abbiano accettato nel gruppo, adesso nessuno mi degna più di uno sguardo.

–Che film?

–Quello dove fa il mafioso senza scrupoli...– indizio dettagliato...

–Quei bravi ragazzi?

–Non quello... anche se devo ammettere che è una gran bella pellicola! Nella mia classifica la metto subito dopo Il padrino 1 e prima de Il padrino 2...– i suoi occhi si staccano da me e si incollano alla parte finale della collina che stiamo aggirando in tram, in questa zona della città che divide due quartieri con un po' di natura pressoché incontaminata –...la Sangueta...– sospira.

–La Sangueta?

–Sì, è così che si chiama questo posto– in alto alla collina si scorgono delle mura in pietra di colore giallastro – non lo conosci?

–Il nome della fermata vuole dire?

–Dammi del tu– il suo sguardo è severo quando parla con me, poi più triste quando torna a posarsi sulla collina –sì, ma sai perché si chiama così?– il tram si è fermato.

–No.

–Tempo fa qui ci portavano a macellare gli animali... Su questo versante il sangue colava fino a raccogliersi in un canale di scolo. Non era un bello spettacolo... Non piaceva a nessuno questo posto, né quello che ci facevano, ma era indispensabile...

–Per te che sei un cuoco dovrebbe essere più facile accettare la macellazione... voglio dire, cucinerai anche carne...

–... ma la macellazione rimane uno spettacolo orrendo...– il tram ha ripreso a muoversi, mi sento a disagio, come quando le mutande ti finiscono su per il culo e ti trovi in pubblico così che non puoi fare altro che resistere, ma più ti sforzi a non pensarci più senti l'elastico premere tra le chiappe, quasi fosse uno stronzo indurito parcheggiatosi lì.

Qualche minuto di silenzio più tardi arriviamo alla sua fermata.

–Alla prossima.– si dirige verso le porte scorrevoli.

–Alla prossima.

Prima che le porte si richiudano mi sento sfiorare la spalla.

–Gli intoccabili.– è ancora lui.

–... ah... è vero, il film con De Niro... Gli intoccabili.

Il suo sguardo è di nuovo sereno, i baffi neri arrotondati in un sorriso, il suo pancione ingombrante che sobbalza fiero, la sua mano enorme che mi saluta con un gesto gentile.

19
IL KARMA

MICROFONO NO.

Dalla mia cabina tutto sembra calmo, ordinato e... legale.

Dentro di te, però, cresce costantemente la paura che da un momento all'altro quella porta blindata cada sotto i colpi dell'ariete delle forze dell'ordine "Mani in alto! Mettete giù i telefoni e che nessuno si muova!". Ecco cosa pensi, tutte le volte che ti siedi, accendi il computer, la pagina con gli appuntamenti telefonici, i clienti da ingannare... LA GIUSTIZIA. Non so come mai l'abbia conservata, forse dentro di me penso che questa carta mi porti fortuna, che mi tenga lontano dai guai... che non mi arrestino.

Tutto ha un prezzo, credo in questo, nel karma... basta un pensiero del genere a giustificare, anche solo in minima parte, le persone che confidano nei tarocchi, nei numeri, negli astri... nel potere del terzo occhio...

In attesa di ricevere il conto che il destino ha in serbo per me, riprendo la telefonata che ho lasciato in sospeso.

MICROFONO SÌ.

–Donatella ho informato l'esperta nella rimozione di maledizioni e malocchi, devi solo ricaricare la tua carta prepagata e chiamarla al numero che ti sto per dettare. Forza e coraggio!– quello che le sto vendendo è il consulto più semplice da piazzare confezionata col formato migliore.

–Grazie Luca, mi hai salvato da una situazione insostenibile, dammi pure il numero...– detto fatto, un numero che ha il prefisso di un'altra città, ma che viene ricondotto a questo edificio attraverso non so quali e quanti rimbalzi tra una centralina e l'altra, tra un satellite spia e una base nascosta sull'altro lato della Luna. E non lo voglio sapere.

MICROFONO NO.

Dopo dieci minuti la collega che si trova tre cabine più in là gesticola nella mia direzione, pollici all'insù, è quella che recita la parte della specialista scaccia malocchio. Sarei curioso di andare lì e sentire che cazzo si sta inventando. Il pachiderma dal lato opposto se ne accorge e sorride mettendo in bella mostra il suo avorio. Incoraggiante.

Non riesco a gioire quanto loro, in testa ho solo Giulia e il desiderio di riconquistarla.

Dalla mia la proposta che le ho fatto tempo fa "lascia il tuo ragazzo e lascio perdere le altre". Dovrebbe pur valere qualcosa.

Dalla sua l'amicizia con Sophia. E io ho decisamente superato il segno.

Sophia... entra ed esce anche lei dalla mia testa, danzando a piedi nudi sugli scogli, tra le rovine di un vecchio castello, tra le stanze piene di cianfrusaglie della mia mente logora, lasciando tutto sottosopra...

Ma questo non è il momento di mettere in ordine, adesso devo vendere la mia merda al prossimo sprovveduto che mi compare in agenda.

Leggo il nome, "Sabrina". Non può essere lei.

MICROFONO SÌ.

–Luca sei di nuovo tu?! che fortuna...– per te, non per me... m'hai riattaccato due volte su due facendomi fare la figura dello stronzo con il pachiderma...

–Ciao Sabrina, dimmi pure, cosa vuoi sapere questa volta?

–Dunque, ho fatto come hai detto tu, ho conquistato Giovanni. Ok, forse conquistato non è il termine giusto, visto che lui sembra non voler poi molto da me... Mi avevi detto che non ci sarebbero stati problemi una volta che fossi riuscita a dargli un segno del mio interessamento, che era questo ciò che lui stava cercando, ma alla fine non sembra innamorato di me come io lo sono di lui.

–Scusa Sabrina, ma tu pretendi forse un po' troppo da questo ragazzo... l'amore è una cosa che cresce piano piano, non puoi pretenderlo dopo così poco tempo...

–Lo capisco, ma quello che vorrei chiedere alle carte è se questa situazione si evolverà in qualcosa di serio perché... a me ... lui piace moltissimo.

Il pachiderma è di nuovo nella mia cabina.

MICROFONO NO.

Comincia a bombardarmi di consigli pressoché inutili, gesticola con le sue dita obese, le strizza sul palmo come fossero fatte di gomma "come riesce a muoverle con tutto quel grasso intorno?" È convinta che si possa vendere a chiunque, io accenno maldestramente alla fortuna una volta di troppo, lei ancora più nervosa ribadisce che la fortuna non esiste, che se qualcuno chiama per farsi leggere le carte è fondamentalmente disposto ad accettare qualunque cosa esca dalla mia bocca purché sia convinto di ciò che dico.

–Adesso smettila di preoccuparti e vendi questa benedetta consulenza! È la terza volta che ci fa richiamare al suo numero e tre volte che non compra niente. Signorino– le labbra stirate sui denti, non è più un'elefantessa, è una tigre della Malesia –sappi che le nostre telefonate hanno un costo, che il tuo stipendio fisso ha un costo, che tutto questo sistema ha un costo! E se vuoi che il sistema funzioni devi contribuire a produrre, ogni giorno, su ogni singola telefonata. Perché qui o si vende o si va a casa, chiaro!?

"Cristallino, brutto pachiderma di merda." se solo avessi aperto la bocca e dato fiato ai miei pensieri avrei aggiunto "Ma dove sono finiti i discorsi sui mesi di prova, sullo stipendio minimo inamovibile, su come questa azienda sappia prendersi cura dei suoi dipendenti e di quanto sia seria?" bastarda venditrice di fumo a quei rincoglioniti che credono a queste cazzate!

–Ok, farò del mio meglio.

–Ti conviene, dammi retta.

Esce indignata dalla mia gabbia di vetro, so che in realtà sta ancora recitando, bastone e carota per spremermi al massimo, come da manuale, ma un bel vaffanculo telepatico non glielo leva nessuno!

MICROFONO SÌ.

–Sabrina, la notizia brutta è che le carte appaiono confuse.

–Oddio, che vuol dire?

–Che le stai consultando troppo... hai bisogno di un professionista diverso.

Passano circa cinque secondi prima che risenta la sua voce.

–Ma io sono una studentessa, non ho soldi per gli specialisti... Ti prego, dimmi qualcosa tu, qualunque cosa possa aiutarmi a capire se lui mi vuole o no come fidanzata.

Accidenti alle ragazzine –Facciamo così, ti leggo per un'ultima volta le carte e poi ti indico lo specialista più economico che conosco e tu mi fai il piacere di consultarlo perché altrimenti la tua situazione potrebbe peggiorare irrimediabilmente, ok?– il più economico che conosco è sempre lo stesso inesistente specialista allo stesso identico prezzo di sempre.

–...va bene.

Dopo aver preso un attimo di respiro riacquisto il mio ruolo di (in)esperto cartomante: –Ascolta, questo è ciò che leggo nelle carte davanti a me, se vuoi sapere cosa pensa di te questo ragazzo non devi fare altro che chiederglielo apertamente, ma non prima di aver appurato se... i vostri... chakra... sono allineati,– è la seconda volta che ricorro a questa cazzata del chakra, mi avevano detto di usarla con le donne che non riescono a rimanere incinte, ma io l'adatto un po' a tutto –hai capito Sabrina?

–E se non mi risponde? Non so molto di lui, ma mi dà l'idea che se lo presso troppo lui scappi." la stronza va avanti per la sua strada...

–Allora chiediglielo in una situazione dalla quale lui non possa scappare, fai in modo che ti risponda, mettilo con le spalle al muro... ma prima consulta l'esperto di chakra per essere sicura di quando e come farlo.

–Ah, perfetto! Grazie mille Luca!

–Aspetta, non riagg...– maledizione...!!!

20

LA MORTE

Il pronto soccorso è il luogo più pauroso della terra, soprattutto di notte, quando medici ed infermieri sono assonnati e ti vengono incontro come zombie.

A sinistra una ragazza imbavagliata con la maschera d'ossigeno che respira velocemente, in preda a qualche crisi del cazzo mi mette ancora più ansia. Nell'angolo un tizio che sputa sangue direttamente in un barattolo di plastica simile a quello in cui una volta ho pisciato per la visita di leva. E non la smette di tossire. Un uomo sulla sedia a rotelle con la gamba ingessata che conforta un altro signore a cui un'infermiera rinsecchita ha appena comunicato la necessità di doversi sottoporre a dialisi.

Il fatto è che quando ti rendi conto di essere qui, proprio qui, tutto sembra scorrere al rallentatore... o più velocemente del solito, per una semplice ragione, non te lo aspettavi.

Non è come prendere appuntamento dal dentista, non hai tempo di prepararti psicologicamente al dolore e alla paura. E se finisci preda dell'agitazione, se ci arrivi in stato di *shock*, tutto si ingigantisce.

–Sto morendo aiutatemi!– Se solo penso che poche ore fa stavamo brindando e mangiando, con Roby che mi chiedeva per l'ennesima volta come mai Giulia ci avesse invitato a cucinare e a celebrare il suo compleanno, mi viene da vomitare.

–Te l'ho detto e ridetto, è per non destare sospetti in

quel matto del suo ragazzo che a quanto pare, ha intuito qualcosa... Visto che conosco Giulia da due mesi e passiamo molto tempo insieme apparentemente come amici, il suo ragazzo si sarebbe potuto insospettire se non mi avesse invitato a questa festa... e siccome lei gli aveva detto che tu sei un cuoco fantastico sei stato invitato per cucinare...

–Va bene, ho capito.

–Ma non avevi capito anche ieri? Siamo sicuri che questa è l'ultima volta che me lo chiedi?

–Sì, siamo sicuri.– ... speriamo.

Abbiamo cucinato di tutto: ovoli crudi marinati con olio, limone e scaglie di grana come antipasto.

Risotto ai porcini, con pancetta a cubetti, zucca gialla, pepe nero, verde e bianco.

Involtini di maiale ripieni di prosciutto e porcini, contorno di patate al forno e mix di funghi trifolati.

Funghi alla brace con scaglie di pecorino e peperoncino piccante.

Funghi... non so cosa... che sono avanzati.

Gelato al tartufo... ve lo aspettavate eh?

–Sophia ti guarda da un pezzo, perché non vai a darle un bacio?– Giulia si è seduta accanto a me versandomi un po' di limoncello fatto in casa per provocarmi a dovere.

–Smettila.

–Camera mia è libera, portala di là...

–Giulia smettila, non è corretto.

–Non è corretto?!– sta alzando la voce senza rendersene conto Come sarebbe u dire che non è corretto?! Brutto stronzo pezzo di merd...

–Scusate... scusatemi tutti.– è Sophia, in piedi, e sta guardando verso di me con un'espressione seriosa.

–La tua fidanzatina ha voglia di chiacchierare...– le parole sussurrate di Giulia.

–Alex, voglio sapere se... se tu... vuoi essere... il mio ragazzo e lo voglio sapere adesso!

Il silenzio che cala su questo terrazzino di una quarantina di metri quadrati in questa calda serata di fine luglio è surreale, venti persone ammutolite da una ragazzina e sono l'unico ad averci fatto a malapena l'abitudine.

–A questo siamo arrivati, allora? È proprio una relazione quindi... e da quanto va avanti eh? Sentiamo un po'? Da quanto tempo te la scopi!?– la sedia dalla quale Giulia si è alzata di scatto è arrivata sino alla ringhiera.

–E a te che cazzo te ne frega, scusa?

–Mi avevi detto che era stato l'errore di una notte e basta, ma questa– la sua mano indica Sophia quasi fosse un soprabito appeso all'attaccapanni –questa parla come se la storia va avanti da un pezzo!

–Perché ti interessa così tanto?– ecco, ci siamo, il ragazzo di Giulia si è avvicinato, mentre Sophia sta tirando le somme.

–Cosa vuol dire l'errore di una notte? Alex... Sono stata un errore per te?– riesco a sentirla così mi muovo verso di lei.

–Aspetta– la mano di Michele, più alto di me di una decina di centimetri, mi inchioda lì, davanti a lui, senza via di scampo.

–Devo parlare con Sophia.– non ho nulla contro di lui e non ho voglia di litigare, ma se mi costringe dovrò difendermi.

–Sophia aspetterà... prima, voi due– guarda me e Giulia –mi dite cosa sta succedendo e me lo dite adesso!

–Che vuoi che succeda... fa lo stronzo con le mie amiche–vediamo come se la cava, perché la testina di cazzo si è *appena resa conto di aver fatto un'enorme stupidaggine a reagire come ha reagito attirando attenzioni indesiderate –e mi girano i coglioni perché... mi dispiace se le fa soffrire.– non male.*

–E tu pensi che io creda a questa stronzata?– lui la spinge un po' troppo, il mio corpo si frappone obbedendo all'istinto più che alla ragione.

–Le fai male così...– ora sono io che lo guardo dritto negli occhi.

–Senti una cosa, ma si può sapere cosa cazzo ci fate tu e quell'altro rincoglionito alla festa di compleanno della mia ragazza? Chi cazzo vi ha mai cagati a voi due!?

–Ah, io lo so... È per non destare sospetti, se no tu potresti scoprire che loro due hanno una storia.– grazie tante Roby, tempismo impeccabile.

Le mani di Michele calano lungo i fianchi, si allontana, entra in casa impedendo a Giulia di seguirlo.

Ne approfitto per parlare con Sophia che mi guarda con le lacrime gli occhi.

–Tu non sei stata un errore, ti avrei detto come stavano le cose, è tutto un casino... Mi piaci molto, sei una ragazza fantastica...– giganteshe ali di farfalla si dischiudono alle sue spalle, un occhio al centro di ognuna mi fissa implacabile.

–Non sono arrabbiata, mi fa solo tanto male lo stomaco... anche tu mi piaci molto, anche con le orecchie appuntite e quelle zampette pelose ... So che queste cose possono capitare, ma ora non so proprio come debba comportarmi– mi gratta il mento e poi mi dà un bacio –sono pronta ad avere una relazione con te, mio dolce gattino... ma questo, purtroppo non dipende da me...– spicca il volo sbattendo le ali.

Un anaconda striscia intanto verso la ringhiera ma un orso interviene per evitare che cada giù. L'orso mi sorride, si gratta le palle e si accende una sigaretta.

Sophia ritorna svolazzante sul pianerottolo, le sue ali sfarfallano scrollandosi di dosso polvere dorata sotto lo sguardo malefico di Giulia che con i denti aguzzi di una leonessa e i capelli color fuoco le sta attribuendo colpe non sue.

Michele esce all'improvviso, il suo petto si gonfia ricoperto di una pelliccia castana, sulla testa svettano un paio di corna di cervo che si ingigantiscono a vista d'occhio, mentre dagli zoccoli protesi in avanti fuoriesce una fiammata rovente, un'esplosione rimbombante che scaglia una palla di fuoco verso di me.

21
LA TORRE

Di nuovo in cabina, telefono alla mano, la lista dei contatti in evidenza.

A una settimana dalla caotica festa di compleanno di Giulia si è venuto a scoprire che le allucinazioni erano dovute a spore di *amanita muscaria* mischiatesi al resto dei funghi che avevamo raccolto... tutta colpa di quello stronzo di Michele.

Le cose qui non sono cambiate molto.

L'operatrice che ho di fronte, gesticola come una matta, la luce del telefono lampeggia, una chiamata interna.

–C'è di nuovo quella Sabrina che ha preso un appuntamento e ha inviato una mail dove dice che ha urgente bisogno di parlare con te, cioè con Luca. Se la richiami, però, sta attento perché questa volta devi venderle una consulenza, te lo dico per il tuo bene, la mia collega... sai com'è... insomma...

–Non ti preoccupare, passami pure il contatto in agenda che la richiamo... e grazie mille per il sostegno...– ricambia il sorriso e mi aggiorna la pagina dei contatti con il numero di Sabrina.

MICROFONO SÌ.

–Pronto Sabrina? Ho saputo che volevi parlare con me. Dimmi pure...

–Ciao Luca– è nel panico –ho chiamato la polizia, ho chiamato i vigili del fuoco, non sapevo più chi chiamare... forse tu mi puoi aiutare consultando le carte.

–Stai calma– se non fosse che me lo sono immaginato

giurerei di aver sentito i battiti del suo cuore –che sta succedendo?

–Non sono stata completamente sincera con te– sapessi io che non sono neppure un cartomante... –tutte le volte che ti ho chiesto di leggere i tarocchi non era per me, ma per un'altra persona... e io non mi chiamo Sabrina, ma Caterina– io Alex... – e adesso quella persona sta correndo un grave pericolo.

–In che senso?

–La mia amica ha lasciato una lettera in cui diceva di volersi uccidere per via di quel ragazzo che le piaceva ma che non la ama. Lei ha scoperto che lui aveva una storia con un'altra che a sua volta era fidanzata... insomma un casino. Ha seguito il tuo consiglio, si è dichiarata apertamente ad una festa ma poi è successo di tutto e lei ha scoperto quel retroscena... ti prego consulta le carte e trovala.– consultare le carte per trovare una suicida? Ora posso dire di aver sentito davvero di tutto.

–Aspetta un attimo...– mentre i dubbi e le congetture si annodano e si sbrogliano via via nella mia testa, l'elefantessa maligna è entrata nella mia cabina e mi osserva a braccia conserte –in che città abiti e come si chiama la tua amica, il nome vero per favore...

Dice il nome della mia città, questa città, e poi aggiunge quello della sua amica –Si chiama Sophia.– ora le mie certezze occupano quasi tutto lo spazio all'interno della mia mente.

–E sai come si chiama il ragazzo che le piace?– la scommessa con il destino è appena stata giocata, un nome farà la differenza tra ciò che sono e ciò che sarei dovuto essere, un unico nome, il mio.

–Lui si chiama Alessandro, Alex per gli amici.

MICROFONO NO.

È stata l'elefantessa a schiacciare il pulsante, maledetta stupida.

–Qualunque cosa stia succedendo, vendi, vendi...– mentre lo ripete per la terza volta, senza che se ne accorga il mio dito scivola sul tasto del telefono sul quale non dovrebbe scivolare in questo momento.

MICROFONO SÌ.

–...quindi dovrei dirle che ha bisogno di un consulente che riesca a sapere dove si è recata la sua amica per suicidarsi?– il microfono attaccato alle cuffie sta facendo il suo dovere, Sabrina, cioè Caterina sta ascoltando tutto senza capire esattamente quello che sta succedendo.

–Si tratta di questo? Di suicidio? Tu cosa ti sei inventato con le carte? Cosa le hai detto?

–Niente, non ho fatto in tempo a *non* consultare le carte che *non* esistono...– i suoi occhi scagliano fulmini e dardi infuocati verso di me.

–Non so cosa ti sia preso ma ti ripeto, l'importante è che vendi, che vendi e che...– intervengo nuovamente al suo terzo "vendi".

–Oddio...!– mi porto una mano alla bocca facendo finta di essere sorpreso e con l'altra indico il display con la scritta MICROFONO SÌ.

Lei mi fa cenno di interrompere subito la telefonata, ma io ho ancora bisogno di sapere una cosa da Caterina.

–Hai capito come funziona qui? Quello che ha messo Sophia nei casini sono stato io, in tutti i sensi– Caterina mi dice parole che ha diritto di dirmi, ma la ammutolisco –ti ricordi come si chiama quel posto dove va Sophia a ballare di notte? Sono sicuro che si è recata lì...

–E tu come fai a sapere di quel posto?

–È una lunga storia... ci sono stato una volta, ma con tutte quelle stradine e viuzze non saprei come orientarmi...

–Il Bradipo, tre vie sulla parallela di corso Alfieri.

–Perfetto, se hai modo di arrivarci ci vediamo lì il più presto possibile.

Riaggancio, mi alzo, gli occhi di questa pachiderma non mi mollano per un secondo.

–Hai fatto in modo che lei ci ascoltasse... lo sai che hai firmato una clausola di riservatezza e possiamo farti causa per questo?!

–E chi ci perderebbe di più?– le sorrido, come ha fatto lei per tutto questo tempo.

–Pensi di trovare un altro lavoro così facilmente? Chi vuoi che ti assuma?!

–E che ne so? Magari consulterò le carte... ma non dover più essere costretto a vedere la tua faccia di merda che nemmeno i tuoi sorrisi fasulli riescono ad abbellire sarà già una grande soddisfazione!

Esco senza voltarmi, senza salutare nessuno e mi fiondo giù per le scale, di corsa, verso la fermata dell'autobus.

Caterina è già davanti al Bradipo, pienamente funzionante, benché i clienti attuali si contino sulla punta delle dita.

–Sei Luca?

–No... cioè sì, ma in realtà no... io sono Alex.

–... non capisco...–

Le spiego come le coincidenze si siano prese gioco di noi, dando forma ad un intreccio che farebbe invidia agli *enigmi* del call center.

–Tu sei quello stronzo che l'ha fatta soffrire e per il quale si vuole suicidare? Che lavoro di merda... ti dovrei denunciare... sei proprio...

–Insultami dopo. Adesso cerchiamola. Sarà di sicuro all'ultimo piano, sull'ultimo pilastro in cima alla struttura... una volta mi ha detto che le sarebbe piaciuto saltare senza imbracatura, con la fune tra le mani...

–Ho già controllato– mi interrompe –ma non è qui.

–E dove potrebbe essere? Sei sua amica, la conoscerai meglio di me.

–Non so cosa dire, Sophia è una persona molto riservata per alcune cose... molto strana in generale... fa fare tutto a me... anche le carte... ha voluto che chiamassi per lei e che me le facessi fare al posto suo... non sai com'è vivere con lei... affitto, bollette, luce, email... ha una qualche fobia che le impedisce di agire in prima persona ... per questo mi fa fare le cose al suo posto... e quando non ci sono io chiede alle compagne del suo corso, se esiste il modo di farsi sostituire in qualcosa che non sia la danza lei lo trova e fa fare agli altri... perché solo quando danza...

–... non si farebbe sostituire da nessuno... si me ne ha parlato. Aspetta un attimo... diciamo che se lei fa fare tutto agli altri e dice di voler sperimentare le emozioni attraverso l'esperienza altrui per vedere se ne vale la pena... era così che aveva detto... sì... forse potrebbe cercare una sostituta anche in questo caso...

–Perché stai facendo quella faccia?

Non le rispondo nemmeno, inizio a correre verso la fermata dell'autobus.

–Ma dove vai?!

–In ospedale e ci devo arrivare il più presto possibile!

–Allora vieni con me, ho la macchina.

22
IL DIAVOLO

–Sto morendo aiutatemi!

–Stai tranquilla Giulia, non stai morendo, andrà tutto bene.– i suoi capelli sono rosso fuoco, una criniera, denti aguzzi e artigli affilati quelli con cui si aggrappa alla speranza, a me, al nostro amore, mentre faccio quello che posso per tranquillizzarla.

–Fa male, fa malissimo!

–Vedrai che starai meglio. Adesso ti faranno l'intervento, via la pallottola e via il dolore.

–..Sì...– i suoi occhi sono incollati ai miei. Non l'ho mai vista così fragile e tanto... leonessa. Non è solo per via della ferita, ma per il fatto che il suo ragazzo abbia cercato di uccidermi. Si è prontamente frapposta beccandosi in pieno stomaco il proiettile destinato a me.

I medici si accalcano qui al pronto soccorso. Le do un bacio, lei ricambia e mi sussurra –Ti amo.

–Anch'io.– ho le lacrime agli occhi.

Circa tre ore dopo, la buona notizia, "fuori pericolo".

Io, Roby e gli altri tiriamo un sospiro di sollievo, anche gli infermieri sorridono.

Ci sorridono mentre ci parlano con gentilezza di una qualche forma di intossicazione da funghi riscontrata nel sangue di Giulia, la stessa che potrebbe spiegare le nostre allucinazioni. Ci sorridono mentre ci convincono a seguirli in una grande stanza piena di letti. Hanno ancora lo stesso sorriso di prima, forse un po' più largo, alcuni credo che stiano addirittura ridendo, quando siamo praticamente costretti a denudarci. E sorridono quando convincono i primi di noi a mettersi carponi sui letti, culo all'aria, agnelli sacrificali, per questo ci hanno presi.

Solo quando il primo serpente di gomma entra nel culo di Roby e il secondo in quello di Sophia e il terzo in quello di Jacopo e così via fino al mio turno –que dolor!– solo adesso capisco perché quei figli di puttana si erano messi a ridere e, ora, addirittura a sghignazzare alle nostre spalle... e quei serpenti di gomma non mordono affatto, piuttosto sputano, spruzzano, erogano a tutta forza, dio santissimo–benedetto– aiutami tu, un getto d'acqua fredda tutta su per il culo, gonfiandoci come palloncini!

–Sophia era lì con voi al pronto soccorso?– mi chiede Caterina che sta guidando come una matta.

–Sì, s'è beccata anche lei una lavanda gastrica per l'intossicazione di funghi allucinogeni.

–Dobbiamo fermarla! Richiama la polizia, i carabinieri, i pompieri...

–...i marines, l'aviazione... ho chiamato solo Roberto, ma quello stronzo sta ancora dormendo. Adesso chiamo direttamente l'ospedale... Giulia è in stanza con un'altra ragazza, Sophia non potrà fare nulla senza passare inosservata, ammesso che sia davvero andata lì...

Caterina parcheggia a femore di cavallo e saliamo al reparto di chirurgia.

Giulia non è in camera... –è venuta una sua amica a trovarla. L'ha messa sulla sedia a rotelle e l'ha portata al chioschetto del piazzale interno. Dovevano chiarire una certa faccenda, ha detto...– la compagna di stanza.

Caterina mi guarda più preoccupata di prima, poi si mette a correre.

–Aspetta– l'afferro per un braccio –se le vuole fare del male... se vuole far morire Giulia al suo posto, non andrà di certo in un luogo affollato come l'atrio...

–E dove allora?

–Tu scendi a controllare per sicurezza, poi raggiungimi all'ultimo piano... sul terrazzo.

L'ascensore è velocissimo, otto piani e mi precipito all'esterno.

Il sole è accecante, poi sento il mio nome urlato a metà.

–Sophia! Lasciala andare.– ha messo la sedia a rotelle in bilico. Giulia si è irrigidita, le sue mani si stringono ai braccioli, singhiozza, non riesce più a parlare.

–Come hai fatto a trovarmi?

–Fortuna... adesso tira in dentro la sedia a rotelle e tutto andrà bene.

Sophia osserva Giulia, le lacrime le sgorgano incessantemente, i suoi occhi supplicano pietà.

–Ascolta Sophia, tu ti trovi in questa situazione per via dei consigli di un coglione di nome Luca che non è neppure un cartomante, ma un operatore di call center.

–E tu come fai a sapere di Luca?

–Perchè Luca in realtà... sono io... ero io che facevo finta di leggere le carte... i consigli che ti ho dato me li sono inventati di sana pianta... non pensavo fossi tu, non che questo cambi qualcosa, ma non credevo si arrivasse a tanto...

Giulia ha smesso di piangere, alza gli occhi fino ad incrociare quelli di Sophia, entrambe incredule al suono delle mie parole.

–Vuoi dire che tu... facevi il cartomante *fasullo*? Che mi hai preso in giro per tutto questo tempo dicendomi che il call center vendeva prodotti di bellezza?– a Giulia è tornata la parola mentre io rimugino sui lacci delle mie scarpe.

–Sì, non tutti abbiamo la fortuna di andare fieri del nostro lavoro, cara la mia impiegata comunale...– adesso è lei che ha abbassato lo sguardo.

–Ad essere sinceri... io non lavoro al comune... non lavoro proprio, sono disoccupata... i miei mi danno un po' di soldi periodicamente...

Sophia ci riversa addosso il suo disprezzo eruttando furiosa –Voi due siete le persone più schifose che abbia mai conosciuto, non pensavo si potesse arrivare a tanto, vi meritate l'un l'altra.

Rimette la sedia a rotelle al sicuro, poi mi si avvicina e solleva il braccio nel tentativo di darmi uno schiaffo.

La mia mano intercetta la sua –E tu cosa sei? Una vigliacca–finta masochista–ballerina che preferisce danzare sulle punte, su tutto e tutti, sfiorando a mala pena il terreno perché sa che appena poggia i piedi per terra si inzuppano di fango e questo non lo sopporta, meglio scappare, andare via, evitare di mischiarsi con noi miseri mortali... farsi male per finta non è vita, a malapena un surrogato che puoi chiamare danza, Tarzan o chi sa con quanti altri nomi...

Si riprende la mano e la infodera nell'altra massaggiandosela un po' –Credo che tu abbia ragione, preferisco non sporcarmi, non più...– si dirige verso la porta che dà sul pianerottolo dove incrocia Caterina che l'abbraccia forte dopo aver tranquillizzato il personale della sicurezza accorso inutilmente in soccorso di Giulia.

Aiuto quest'ultima a distendersi sul lettino una volta arrivati nella sua stanza –Ora siamo pari, ci siamo salvati la vita reciprocamente... non farò mai più una cazzata del genere, non ti deluderò più, lascio perdere le altre per sempre, per me esisti solo tu.

Non risponde, c'è qualcosa che non va, il panorama della città nei suoi occhi mentre io rimango sullo sfondo, un riflesso sfocato su un vetro appannato.

–Ho deciso che è meglio per tutti se rimango con Michele...– l'ha detto, il mondo sottosopra sulle mie spalle, con Giove, Saturno, Plutone e tutti gli altri pianeti che premono sui miei coglioni.

–Michele? Quel pazzo omicida?! Dopo che ti sei beccata una pallottola al posto mio? Non l'avevano arrestato?

–L'hanno prosciolto per incapacità di intendere e di volere al momento del fatto... sai, il fungo allucinogeno... diceva di aver visto il Diavolo... voleva ucciderlo per liberarci da ogni male...

–... seee, come no... un altro assassino a piede libero e che per giunta dorme nel tuo letto... te sei proprio matta, matta davvero!

–Mi dispiace Alex, ma lui ha bisogno di me e io l'ho già fatto soffrire abbastanza...

–Che cazzo vuol dire?! Tu non lo ami, così fai del male a te stessa e a lui... ormai sa tutto di noi, cosa pensi che farà? Che ti riprenderà con sé dopo tutto quello che è successo?

–L'ha già fatto, è passato ieri e ha detto che vuole sposarmi.– solo adesso do il giusto significato all'anello con quel minuscolo diamante, una caccolina brillante che lei esibisce senza vergogna alcuna.

Sono le quattro del pomeriggio, sono disoccupato, senza una figa, senza voglia di fare un cazzo di niente. Roberto sta ridendo come al solito sull'ennesima *compilation* di incidenti catastrofici mentre in tv scorre il numero in sovrimpressione di una cartomante, Silvana, primi dieci minuti gratuiti...

–Pronto? Siete un call center, vero? Ho lavorato in un posto come il vostro, tu ti spacci per Silvana, io ti racconto i cazzi miei e poi mi consiglierai uno specialista in qualcosa per risolvere i miei problemi di cuore.

–Sono Silvana e questo non è un call center. Sono una cartomante profes...

–Lascia stare... dimmi soltanto una cosa, sai per caso come si fa a riconquistare una donna che è tornata insieme all'ex, il quale è al corrente che lei lo ha tradito con quello che lui ha cercato di uccidere dopo aver assunto inconsapevolmente un potente allucinogeno?

Indice